Britta Kummer

Mein Leben mit MS

Teil 1 und 2

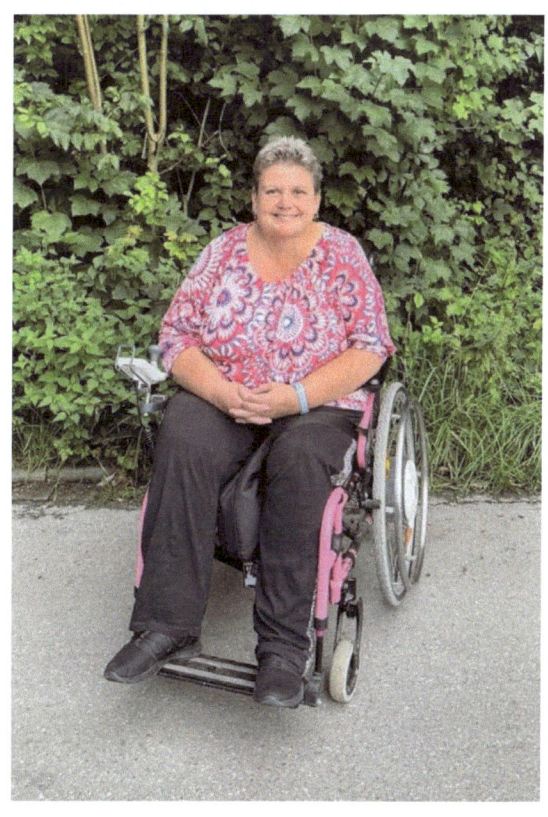

Satz: Britta Kummer
Covergestaltung: Britta Kummer
Fotos privat
Coverbild KI generiert

Webseite: http://brittasbuecher.jimdofree.com
E-Mail: info.britta-kummer@t-online.de

ISBN: 978-3-8482-0884-5

Verlag:
BoD · Books on Demand GmbH,
In de Tarpen 42, 22848 Norderstedt, bod@bod.de
Druck:
Libri Plureos GmbH, Friedensallee 273
22763 Hamburg
www.bod.de

Inhaltsverzeichnis

Vorwort

Liebe Leserinnen und Leser,

in diesem Buch nehme ich Sie mit auf die Reise in mein MS-Leben. Es ist ein „MUTMACHERBUCH". Es soll MS-Betroffenen, deren Angehörigen sowie Interessierten zeigen, dass es trotz einer unheilbaren Krankheit weitergeht … eben nur anders.

Die MS zeigt mir jeden Tag meine Grenzen auf. Ich lasse Sie teilhaben an diesen Erlebnissen, Gefühlen und Gedanken - ganz ehrlich und ungeschminkt mit all seinen Höhen und Tiefen. Verpackt in etwas Sarkasmus, Ironie und Zynismus, denn damit lässt sich vieles leichter ertragen.

Dieses Buch ist jedoch kein Fachbuch oder Ratgeber über die Krankheit MS (Multiple Sklerose), sondern meine ganz eigene Lebensgeschichte.

Trotz dieser tückischen Krankheit habe ich bis jetzt nicht aufgegeben und werde das auch in Zukunft nicht tun. Mein Ehrgeiz an das Leben: Nach vorne schauen und die gesetzten Ziele nicht aus dem Blickwinkel verlieren. Auch wenn das manchmal sehr schwer ist und man an seine Grenzen kommt.

Und sicherlich werden Sie das eine oder andere Mal den Kopf schütteln und sich sagen, so etwas kann doch heutzutage nicht sein. Glauben Sie mir, es kann. Viel Spaß beim Lesen.

Multiple Sklerose (MS) kurz und knapp für Außenstehende erklärt

Was ist MS?

MS (Multiple Sklerose) ist das facettenreichste Krankheitsbild der Neurologie. Es ist eine chronisch entzündliche Erkrankung des zentralen Nervensystems. Betroffen sind die Nerven des Gehirns und des Rückenmarks, das sogenannte Zentrale Nervensystem (ZNS). Der Begriff „multiple Sklerose" setzt sich aus den Wörtern „skleros" (hart) und „multiplex" (vielfach) zusammen. Es erkranken mehr Frauen als Männer zwischen dem 20. und 40. Lebensjahr daran.

Auch wenn die Verlaufsform der Krankheit bekannt ist, lässt sich der weitere Krankheitsverlauf trotzdem nicht individuell vorhersagen. Die MS kann jederzeit in der aktuell bestehenden Form stehen bleiben, entweder für längere Zeit, selten auch für immer. Sie kann aber auch enorm schnell fortschreiten.

Der Verlauf ist individuell sehr verschieden, vor allem die Art und Schwere der Symptome. Hier unterscheidet man zwischen drei verschiedenen Verläufen:

Schubförmiger Verlauf:
Hier treten plötzlich und in unregelmäßigen Abständen Beschwerden auf, die sich danach vollständig oder teilweise wieder zurückbilden.

Sekundär chronisch-progredienter Verlauf:
Da beginnt die MS auch erst schubförmig, jedoch entwickelt sie sich später in die progrediente Form, bei der zunehmende Beeinträchtigungen auftreten und die Rückbildung der Symptome nach einem Schub immer unvollständiger erfolgt. Bei anderen Patienten wiederum verläuft die MS sehr langsam und möglicherweise tritt erst Jahrzehnte nach dem ersten ein weiterer Schub auf. Hier können sich Phasen der raschen und langsamen Verschlechterung sowie relativ stabile Phasen abwechseln.

Primär chronisch-progredienter Verlauf:
Dort treten von Krankheitsbeginn an keine Schübe auf und es kommt zu einer fortschreitenden Zunahme von Symptomen und Beeinträchtigungen. Die Beschwerden nehmen kontinuierlich zu. Hier gibt es keine Rückbildung der Symptome.

Es ist eine Krankheit, die das Leben eines Menschen völlig auf den Kopf stellt. Eine mit 1000 Gesichtern und 1000 Fragen. Eine davon: WARUM? Die Erkrankten werden Tag für Tag auf eine harte

Probe gestellt, um mit sich und der Umwelt klarzukommen.

MS ist nicht ansteckend, nicht tödlich, kein Muskelschwund und keine psychische Erkrankung. Diese Krankheit lässt noch viele Fragen unbeantwortet. Im Verlauf und Beschwerdebild ist sie von Patient zu Patient unterschiedlich. Auch wenn es immer mehr Medikamente gibt, die das Leben mit MS erleichtern oder den Krankheitsverlauf hinauszögern – MS ist nach wie vor nicht heilbar!

Fakt ist aber, es sind zwei Buchstaben, die eine Wende im Leben des Betroffenen bedeuten. Eine Krankheit mit ungewissem Ausgang. Sie ist ein nicht einzuschätzender Gast. Wer daran leidet, hat eine lebenslängliche Verabredung mit einer Krankheit, die tückisch und hinterlistig ist.

Bei dem einen Erkrankten ist der Verlauf schlimmer, bei dem anderen Betroffenen weniger schlimm. Dennoch hat jeder damit zu kämpfen, da MS unberechenbar ist. Man wird täglich daran erinnert, welche Einbußen man einstecken muss. Eine Krankheit, die alles abverlangt, da sie auch viele unsichtbare Symptome aufweist. Anzeichen, die Außenstehende sehr schwer verstehen können, aber sie sind da.

Manche Betroffene haben noch viele Jahre nach Beginn der Krankheit Ruhe und keine nennenswerten Beschwerden. Bei anderen schreitet die Krankheit schnell voran und führt in kürzester Zeit zu erheblichen Beeinträchtigungen.

Jeder MS-ler muss für sich selbst den richtigen Weg finden, mit „seiner MS" klarzukommen und dagegen anzukämpfen. Ein Kampf, der sich aber lohnt.

Wie sagte Bertolt Brecht (deutscher Schriftsteller, * 10.02.1898, † 14.08.1956) Wer kämpft, kann verlieren, wer nicht kämpft, hat schon verloren.

Autoimmunerkrankungen

MS gehört zu den Autoimmunerkrankungen. Hier sind es nicht äußere Feinde wie z. B. Viren, Bakterien etc., die zur Erkrankung führen. Es ist das eigene Immunsystem, das körpereigenes Gewebe angreift.

Das Gehirn stellt mit Milliarden von Nervenzellen eine Art Schaltzentrale dar, von der Signale über das Rückenmark zum Körper gesendet oder von dort empfangen werden. Die Signale werden von verschiedenen Nervenfasern weitergeleitet, die ähnlich wie elektrische Kabel mit einer Isolierschicht, Myelin, umhüllt sind.

Die Myelinschicht, die die Axone der Nervenzellen umgibt, wird durch entzündliche Herde beschädigt. Es entsteht Narbengewebe, das nicht in der Lage ist, Nervensignale fehlerfrei weiterzuleiten. Man muss sich das wie ein Stromkabel vorstellen, dessen Hülle beschädigt ist und somit die nötigen Signale nicht oder nur verzögert weiterleitet. Eine Krankheit, hinter der viel mehr als nur Schübe steckt, denn gerade die nicht sichtbaren Probleme machen es für Außenstehende sehr schwer, mit dieser Krankheit umzugehen. Die Ursache ist trotz großer Forschungsanstrengungen noch nicht geklärt.

Häufigste Autoimmunerkrankungen sind:

Typ-1-Diabetes rheumatoide Arthritis Multiple Sklerose (MS) Hashimoto-Thyreoiditis Lupus erythematodes Morbus Crohn

Unsichtbare Symptome bei MS

Fatigue ist ein häufiges Symptom der MS. Sie unterscheidet sich deutlich von der Müdigkeit, wie sie gesunde Menschen erleben. Fatigue wird als abnorme und extreme Erschöpfung beschrieben, die sich aber in ihrem wirklichen und tatsächlichen Ausmaß nur wenig erklären oder beschreiben lässt.

Für Außenstehende schwer oder gar nicht zu verstehen. Wenn man normal müde ist, kann man seine Dinge noch erledigen und bewältigen, zwar langsamer, aber es geht. Mit Fatigue geht das nicht! Da helfen weder Pause noch Nickerchen, um Kraft zu schöpfen. Die Erschöpfung bleibt und fordert dem Betroffenen alles ab.

Häufig treten auch Blasen- und Darmprobleme auf. Störungen, die die Lebensqualität erheblich beeinträchtigen, da meist die Blase oder der Darm schneller sind, als man eine Toilette findet. Verspürt man Druck, lässt sich da auch nicht mehr viel einhalten und sehr oft geht das wirklich dann in die Hose. Dinge, über die keiner gerne spricht und lieber Stillschweigen hält – ist es doch viel zu peinlich, über so etwas zu reden. Oft kommt es vor, dass MSler deswegen nicht mehr die Wohnung verlassen, weil sie nicht wissen, wo die nächste Toilette ist. Hierfür gibt es aber inzwischen auch Medikamente, die das Problem deutlich verbessern können.

Und auch sexuelle Störungen können auftreten. Ein Tabuthema, was meist nicht erwähnt und lieber totgeschwiegen wird.

Schmerzen bei MS

Diese können als direkte Folge der MS-Aktivität im Gehirn auftreten oder aufgrund eines anderen MS-Symptoms. Auch die verkrampfte Muskulatur in Armen oder Beinen spielt dabei eine große Rolle. Ebenso können Schmerzen durch Haltungsfehler auftreten, die sich sehr oft in Gelenken, Bändern und Sehnen bemerkbar machen. Gezielte und regelmäßige Krankengymnastik kann hier Linderung verschaffen. Auch Missempfindungen wie z.B. Brennen oder Gesichtsschmerzen können auftreten. Auch hier ist es, wie bei dem gesamten Krankheitsbild der MS, von Patient zu Patient unterschiedlich.

Spastiken

Auch Spastiken treten bei MS häufig auf.

Typisch für eine Spastik sind die erhöhte Muskelanspannung und dadurch werden oft schmerzhafte Muskelkrämpfe ausgelöst.

Die Beschwerden fallen dabei sehr unterschiedlich aus. Von starken bis zu leichten Spasmen ist alles dabei, die die Lebensqualität eines Betroffenen erheblich einschränken können.

Bei mir ist die Spastik sehr hoch und hauptsächlich nachts aktiv. Da liegt man entspannt im Bett und dann schießt plötzlich die Spastik ein. Über Wadenkrämpfe, Zehenkrämpfe, Muskelzucken bis hin, dass das Bein in die Luft schießt ist alles dabei. Ich muss nicht erwähnen, dass dies zum Teil recht schmerzhaft und nicht zu kontrollieren ist. An einen erholsamen Schlaf ist dann nicht mehr zu denken. Zwar gibt es Medikament dafür, aber da bei mir die Spastik sehr ausgeprägt ist, helfen diese nur bedingt. Aber man gewöhnt sich ja an alles und entwickelt mit der Zeit Techniken, die Linderung verschaffen und natürlich ist auch regelmäßige Physiotherapie sehr hilfreich, diese Symptome zumindest etwas in den Griff zu bekommen.

Cortison bei MS
Cortison wird bei vielen Krankheiten eingesetzt. Auch in der Behandlung von MS (Multiple Sklerose) ist Cortison ein sehr wirkungsvolles und hilfreiches Medikament. Aber was ist Cortison?

Cortison (Kortison) ist ein Hormon. Hormone sind körpereigene Substanzen, die an verschiedenen speziellen Orten gebildet werden. Sie werden durch die Blutbahn zu ihrem jeweiligen Bestimmungsort transportiert. Dort lösen sie durch ihre Anwesenheit oder auch durch ihre Abwesenheit bestimmte Reaktionen aus. Deshalb bezeichnet man Hormone auch als Botenstoffe. Welche Reaktionen Cortison (Kortison) im menschlichen Körper auslöst, und weshalb es so wichtig ist, wird im Folgenden beschrieben.

Cortison (auch: Kortison) ist in der Umgangssprache eine Sammelbezeichnung für eine Gruppe von Substanzen, die sich in ihrer Struktur und ihrer Wirkung ähneln, die so genannten Glucocorticoide.

Vielen Menschen ist „Cortison" als Medikament ein Begriff. Glucocorticoide lassen sich chemisch herstellen und dienen dem Körper als wirkungsvolle Medikamente bei einer Vielzahl von Krankheiten. Weniger bekannt ist, dass die Glucocorticoide körpereigene Substanzen sind und im menschlichen Körper als Botenstoffe (Hormone) lebensnotwendige Funktion haben. Im medizinischen Sprachgebrauch steht die Bezeichnung Cortison weiterhin für ein ganz bestimmtes körpereigenes Hormon, den zuerst entdeckten Vertreter der Glucocorticoide.
Quelle http://www.dr-gumpert.de/html/cortison.html

Bei der Behandlung mit Cortison gehen die Meinungen auseinander, aber bei mir ist es der ganz persönliche Rettungsanker. Dieses Mittel hat mir schon sehr oft geholfen und dafür gesorgt, dass ich zumindest für eine gewisse Zeit wieder voll am Alltag teilnehmen kann. Natürlich weiß ich, dass das positive Ergebnis durch die Gabe von Cortison nur vorübergehend ist, aber das ist mir egal. Auch über die Langzeitfolgen, die die Gabe von Cortison mit sich bringt, mache ich mir nicht viele Gedanken. Das Hier und Jetzt ist, was für mich zählt.

Da MS von Patient zu Patient völlig unterschiedlich und bis dato unheilbar ist, kann diese tückische Krankheit schwer diagnostiziert werden und vieles bleibt ungeklärt. Jeder MSler muss für sich selbst den richtigen Weg finden, um mit „seiner MS" zurechtzukommen und dagegen anzukämpfen.

MS ist ein nicht einzuschätzender Gast. Wer daran erkrankt, hat eine lebenslängliche Verabredung mit einer Krankheit, die tückisch und hinterlistig ist. Eine Krankheit, die alles abverlangt, da MS auch viele nicht sichtbare Symptome aufweist.

Wir MSler sind keine Simulanten und spielen Ihnen auch nichts vor! Die Krankheit endet nicht immer im Rollstuhl und ist auch nicht tödlich. Es ist eine ernsthafte und tragische Krankheit, jedoch ist der Zug noch lange nicht abgefahren. Das Leben geht weiter … eben nur anders als bisher. Auch mit so einer Krankheit kann das Leben noch Spaß machen und einen Sinn ergeben. Denn nur wer aufgibt, hat verloren.

Hier ein Zitat von Rocky Balboa (Titelheld Boxfilme), das sehr aussagestark ist und zu jedem MSler passt.

„Du und ich - und auch sonst keiner - kann so hart zuschlagen wie das Leben! Aber der Punkt ist nicht der, wie hart einer zuschlagen kann … Es zählt bloß, wie viele Schläge man einstecken kann und ob man trotzdem weitermacht."

Wie alles begann

Ich war gerade süße 21 Jahre alt, als mir die endgültige Diagnose Multiple Sklerose (kurz MS) den Boden unter den Füßen wegriss. Aber was hatte dieses Wort MS überhaupt für mich, meine Familie und für unsere Zukunft zu bedeuten?

Ich war ein absoluter Sportfreak und in der vollen Blüte meines Lebens. Ich wollte mein Leben genießen und kennenlernen, doch dann kam alles anders. Auf einmal wollten meine Beine nicht mehr so, wie ich es mir wünschte. Das Laufen fiel mir immer schwerer. Ich hatte Gleichgewichtsstörungen und schwankte durch die Gegend, als wenn ich zu viel Alkohol getrunken hätte. Meine Augen zeigten mir Doppelbilder, die ich bisher auch noch nie gesehen hatte. Erst ignorierte ich diese Signale. Man könnte auch sagen, ich wollte mir nicht eingestehen, dass irgendetwas in meinem Körper vor sich ging, was nicht normal war, so wie bei den meisten anderen Menschen meines Alters.

Wo wir bei dem Wort „normal" wären. Was ist eigentlich normal? Aber es nutzte alles nichts. Die Symptome wurden nicht besser, sogar eher schlechter, also blieb mir nichts anderes übrig, als einen Arzt aufzusuchen. Zu dieser Zeit wusste ich noch nicht, dass meine Eltern heimlich mit unserem Nachbarn, der Arzt war, über mich gesprochen hatten. Gut so, denn ich hätte ihnen bestimmt die Hölle dafür heiß gemacht. Das ging den Nachbarn doch nun wirklich nichts an!

Meine Eltern erzählten mir von seinen Vermutungen, dass ich vielleicht an „Multiple Sklerose" erkrankt sei. Mit dieser Erkrankung sei nicht zu spaßen. Aber das interessierte mich wirklich nicht. „Multiple Sklerose - MS? Noch nie gehört", schoss es mir in den Kopf und damit war für mich die Sache erledigt. Auf Drängen meiner Eltern ging ich dann zu unserem Hausarzt. Es waren immer noch leichte Einschränkungen in meinem Bewegungsablauf vorhanden. Ein Arzt des Vertrauens. Wer, wenn nicht er, konnte mir helfen? Das war für mich ganz klar. Er nahm sich viel Zeit und auf mein Bitten und Drängen überwies er mich zu einem Orthopäden. Denn für mich als Sportler lag ganz klar auf der Hand, dass meine derzeitigen Defizite nur von einer Sportverletzung herführen konnten. Eine stumpfe Verletzung, vielleicht einfach eine Überbelastung oder was auch immer es war, das mich daran hinderte, wieder hundert Prozent zu geben. Halt nichts Schlimmes, was mit etwas Ruhe schnell wieder in den Griff zu bekommen war. Wie falsch ich da doch lag.

Dieser Arzt nahm mir Blut ab und stellte fest, dass ich einen sehr hohen Entzündungswert im Körper hatte. Er testete noch meine Reflexe in den Beinen und damit war für ihn die Sache in Ordnung. Er meinte, dass Ruhe für mich gut ist. Ruhe? Gut und schön, aber was hatte das nun zu bedeuten? So ein Wert kommt doch nicht von alleine. Jedoch wurde mir diese Frage hier und jetzt nicht beantwortet, denn dieser Arzt war der Meinung, dass ich bei einem Kollegen, einem Neurologen, besser aufgehoben bin. Alles wirklich sehr verwirrend.

Inzwischen völlig genervt, sollte bzw. durfte ich den nächsten Arzt kennenlernen. Als ob ich nichts Besseres zu tun hätte, als mir die Wartezimmer der umliegenden Arztpraxen anzuschauen. Es gibt wirklich Besseres und Sinnvolleres, was man mit seiner Zeit anfangen kann. Dieser Arzt nahm mich überhaupt nicht für voll. Er machte Untersuchungen, die mir wie eine Ewigkeit vorkamen, und ich musste stark mit mir kämpfen, mein Nervenkostüm in den Griff zu bekommen. Denn dieser Arzt und ich waren wie Feuer und Wasser.

Als dann endlich das Ergebnis vorlag, wurde ich von ihm wieder völlig ignoriert. Er bestand sogar darauf, alles nur mit meinem Vater zu besprechen. Dieser verwies ihn aber in die Schranken und machte dem ‚lieben Doktor‘ unmissverständlich klar, dass das ja wohl nicht ging. So saß Familie Kummer dann zusammen dicht gedrängt in dem kleinen Arztzimmer und lauschte seinen Worten. Ihre Tochter hat MS. Multiple Sklerose. „Mmh! MS?

Schon mal gehört, aber wo?" Die restlichen Worte des Mediziners hörte ich gar nicht mehr, weil es mich überhaupt nicht weiter interessierte, was er da noch so alles von sich gab. Außerdem waren ja meine Eltern da, die sich sein „BlaBla" anhörten. Brauchte ich ja dann nicht. Sollte es etwas Wichtiges geben, wusste ich, würden sie mir das schon mitteilen. Ich wurde erst wieder aus meinem Dämmerzustand gerissen, als ich ein Rezept für Medikamente und eine Überweisung ins Krankenhaus in die Hand gedrückt bekam. Ich vernahm noch, dass ich diese Tabletten unbedingt nehmen sollte.

Zu Hause klärten meine Eltern mich über das Gespräch auf, aber auch hier hörte ich nicht richtig zu. Als das Wort Krankenhaus fiel, war ich aber wieder wach. Der liebe Arzt wollte mich noch gerne zu einem Kollegen überweisen, weil man in einer Klinik viel mehr Möglichkeiten für die Diagnostik hat. Okay, dann eben ins Krankenhaus. Wie man sich sicher vorstellen kann, erzeugte das Wort Krankenhaus nicht gerade Glücksgefühle bei mir.

Dort angekommen fragte ich mich, was ich hier überhaupt mache. Denn meine Beschwerden waren auf einmal wie durch Geisterhand fast weg. Lag das vielleicht an den neuen Medikamenten, die ich pflichtbewusst einnahm? Was machte ich also noch hier? Da die Beschwerden, wie bereits erwähnt, schnell wieder verschwanden, und auch keine größeren und neuen Entzündungswerte zu ermitteln waren, wurde ich ohne größere Untersuchungen nach Hause geschickt. Die Worte: „Wir müssen abwarten", waren nicht gerade beruhigend. Da es mir aber so weit wieder gut ging, strich ich einfach alles aus meinem Kopf und dachte nicht mehr an das Wort „MS". Ich löschte es einfach aus meinem Kopf, da es mir bis dahin sowieso nichts sagte. Warum sich Gedanken über Dinge machen, die von alleine verschwinden? Und so genoss ich mein Leben wieder in vollen Zügen. Nur meine Eltern machten sich große Sorgen, aber ich konnte sie nur belächeln und verstand den ganzen Wirbel nicht, den sie veranstalteten. Heute weiß ich, sie haben sich verrückt vor Sorge gemacht und mit meiner Ignoranz habe ich es ihnen noch schwerer gemacht, als es sowieso schon für sie war.

Wieder zu Hause ging das normale Leben weiter. Es war eine gewisse Zeit ruhig, doch auf einmal, waren die besagten Symptome wieder da. Aber diesmal so schlimm, dass ich kaum einen Fuß vor den anderen setzen konnte. Ich hätte jedem Säugling im Krabbeln Konkurrenz gemacht. Die Goldmedaille der Babyolympiade wäre mir sicher gewesen. Also landete ich schneller wieder im Krankenhaus, als es mir lieb war.

Diesmal wurden die Ärzte flott und überschlugen sich fast. Nach zahlreichen, teilweise sehr unangenehmen und nicht empfehlenswerten Untersuchungen erhielt ich dann die endgültige Diagnose „Multiple Sklerose", womit ich nach wie vor nicht viel anfangen konnte, oder besser gesagt nicht wollte. Ich wurde mit Cortison vollgepumpt und wie durch Wunderhand war der Alptraum, so gut wie gar nicht mehr laufen zu können, vorbei. Und wieder kam es mir nicht in den Sinn, mich mit dem Wort „MS" auseinander zu setzen. Warum auch? Der Alptraum war doch schon wieder vorbei, bevor er richtig angefangen hatte. Sicher hatte ich einen kurzen Moment Angst, nie wieder richtig laufen zu können, aber dank dem Wundermittel Cortison war doch alles wieder gut. Warum sich also weiter verrückt machen?

Zum Thema Cortison sei gesagt, es ist wirklich ein Teufelszeug, aber es hilft ungemein. Bei Cortison handelt es sich um ein lebenswichtiges Hormon, das Entzündungen hemmen kann und damit den verbundenen, durchschlagenden Erfolg bei der Therapie vieler, bisher nicht behandelbarer Krankheiten bietet. So auch bei MS. Man sollte aber nicht vergessen, dass Cortison trotz seiner positiven Wirkung auch Nebenwirkungen hat. Für mich jedoch ist es genau das Medikament, das mir in kürzester Zeit neuen Lebensgeist einflößte und meine Mobilität zur Höchstform trieb. Viele MSler mögen diese innere Unruhe nicht, die Cortison erzeugen kann. Ich persönlich mag es, wenn richtig Leben in meinen Körper kommt und ich dadurch Dinge schaffe, die sonst nicht möglich sind. Wen interessiert es dann, wenn man vielleicht mal zwei Nächte nicht schläft? Dieses Mittel ist mein ganz persönliches, kleines Doping und hat mich schon aus dem einen oder anderen tiefen Loch gerettet.

Aber nach genau einem halben Jahr holte mich das Schicksal wieder ein. Meine Beine wollten mich nicht von A nach B bringen. Also erneut ab ins Krankenhaus, hochdosiertes Cortison und danach war alles prima. Und immer noch wollte ich nicht begreifen, besser gesagt einsehen, dass ich ein wirklich ernstes Problem hatte. Aber ich war doch noch so jung. Da macht man sich andere Gedanken und kann oder will nicht glauben, dass man vielleicht krank ist oder wie ich immer so schön sagte „die Seuche mit sich herumträgt". Und auch mein behandelnder Neurologe war nicht gerade eine große Hilfe. Er besaß nicht das nötige Fingerspitzengefühl. Wenn ich es richtig bedenke, hatte er aus meiner Sicht überhaupt keins, wenn es darum ging, einen jungen Menschen an so eine teuflische Krankheit heranzuführen.

So ging es dann immer weiter. Ein „Auf" wurde schnell wieder von einem „Ab" eingeholt.

Krankenhaus hier, Cortison, Medikamente und Therapien da. Dann wieder alles gut, dann wieder alles von vorne. Wirklich nervend und nicht gerade fördernd für ein gutes Selbstbewusstsein. Aber irgendwann blieben trotz des hochdosierten Cortisons und der Medikamente Spuren zurück. Meine Symptome bildeten sich nicht mehr so wie früher ganz zurück und das Laufen wurde schwieriger, aber ich hatte immer noch nicht richtig begriffen, was vor sich ging und tat nach wie vor vieles, was meinem Körper schadete.

Dann durfte ich in den Genuss kommen, bei einem neuen Neurologen zu landen. Dieser hatte das nötige Feingefühl mir klar zu machen, was mich erwarten kann, wenn ich weiter so leichtsinnig mit mir und meinem Körper umgehe. Er nahm sich Zeit und ich fühlte mich zum ersten Mal bei einem Facharzt gut aufgehoben. Was für ein Glück! Ich nahm mir seine Worte zu Herzen und dachte um, auch wenn es mir schwerfiel. Die erste Reha öffnete mir dann endgültig die Augen. Ich lernte viele Menschen kennen, die sich auch mit dieser Krankheit herumschlugen und so langsam lernte ich, mit dem Wort ‚MS' richtig umzugehen. Schließlich saßen wir alle im selben Boot und man fühlte sich nicht mehr allein und verlassen. Mir wurde schnell klar, wollte ich ein einigermaßen vernünftiges Leben mit meiner ‚Seuche' führen, blieb mir nichts anderes übrig, als umzudenken. Leichter gesagt als getan, aber ein Versuch war es wert. Denn so wie es bisher war, konnte und durfte es beim besten Willen nicht weitergehen.

So versuchte ich dann über Jahre, mal besser, mal schlechter, auf mich und meinen Körper zu hören und aufzupassen. Was mir hin und wieder gut gelang, dann wieder nicht. Ich neigte nämlich dazu, zu übertreiben. Heißt, wenn es mir gut ging machte ich einfach zu viel und bekam natürlich am nächsten Tag die Quittung dafür. Aber Sie müssen mich da auch verstehen. Ich habe mich früher immer sehr gerne und viel bewegt, da liegt es doch auf der Hand, dass man das wieder macht, wenn mal ein guter Tag ist, auch wenn man weiß, was darauf folgt. Nämlich absoluter Ermüdungszustand und das über Tage. Aber dieses Hochgefühl, mal wieder etwas richtig Gutes, in meinem Fall, eine für mich weite Wegstrecke geschafft zu haben, tröstete über alles hinweg. Und selbst heute passiert es noch oft, dass ich übers Ziel hinausschieße. Jedoch lernt man mit der Zeit, damit umzugehen. Also wird heutzutage der nächste Tagesablauf einfach darauf eingestellt, denn so ein Hochgefühl etwas geleistet zu haben, ist nach wie vor toll und hält lange an. Und ich werde mit Sicherheit keine guten Tage auslassen, nur weil ich am nächsten Tag schlapp und müde bin. Ich lebe nun von Tag zu Tag, plane nichts mehr langfristig und fahre damit richtig gut. Mein Arzt sagt immer schmunzelnd zu mir: „Sie kennen Ihren Körper am besten" und hält keine langen Standpauken. Wie Recht er damit doch hat.

Aber trotz intensiver Pflege schritt die Krankheit nach wie vor unaufhaltsam und unbarmherzig voran und hinterließ immer mehr Spuren. Und wenn ich mich auch sehr bemühte, der Verlauf ließ sich nicht stoppen und nicht nur das. Je schlechter es mir ging, desto mehr Freunde (ich glaubte zumindest bis dahin, dass es welche waren) strichen die Segel und wollten nicht mehr mit mir in Verbindung gebracht werden. „Hallo!?!", ich konnte nur nicht richtig laufen, das war alles. Ist es wirklich so schlimm, mit einem Menschen gesehen zu werden, der nicht so fit ist? Ich konnte das damals einfach nicht verstehen und fiel in ein Loch, aus dem ich aber dank meiner „richtigen Freundin" schnell wieder herauskam. Wenn ich jetzt darüber nachdenke, bin ich ganz froh darüber, dass mir die Augen geöffnet wurden. Denn den Menschen, die jetzt immer noch an meiner Seite sind, geht es um mich und nicht darum, dass sie vielleicht mal schief angeschaut werden, weil sie mit jemandem wie mir unterwegs sind, der nicht so ganz „normal" ist wie der Rest. Wo wir wieder beim Thema „normal" wären.

Allerdings muss ich zugeben, dieses ‚Schief angeschaut werden' geht einem schon ganz schön auf die Nerven. Ich weiß selber, dass es seltsam aussieht, wenn ich mich fortbewege, aber ist das ein Grund mich zu mustern oder zu begaffen? Ich fühlte mich dann immer wie ein Tier im Zoo, das in seinem Käfig bestaunt wird. Aber den lieben Mitmenschen da draußen macht so etwas anscheinend eine Freude und wenn sie die Möglichkeit hatten, noch einen lieb gemeinten und überaus netten Kommentar hinterherzuschicken, machten sie das auch. Am Anfang war das sehr verletzend für mich, denn es war wirklich nicht spaßig und hätte ich gekonnt, wäre ich bestimmt nicht so herumgeeiert. Heute kann ich nur noch darüber lachen und mache mir inzwischen einen Spaß daraus, meinen „Bewunderern" einen frechen Kommentar zukommen zu lassen. Ich schlage sie quasi mit ihren eigenen Waffen und das macht richtig Freude.

Schneller als es mir lieb war, ging es dann mit den Hilfsmitteln los. Sehr unhandliche Gerätschaften, die ich nicht akzeptieren wollte. Erst war es nur ein Gehstock, später kam dann der Rollator hinzu. Ohne ging es nicht, also musste ich mich überwinden und in den sauren Apfel beißen. Denn ich wollte mich weiter fortbewegen, ohne auf die Nase zu fallen.

Wie gesagt, die Krankheit schritt unaufhörlich voran und all meine Beschwerden wurden nach wie vor schlimmer. Fand die Krankheit denn überhaupt kein Ende? Was für eine Energie sie doch hatte, mich immer wieder aufs Neue zu ärgern. Auch die regelmäßigen Reha-Aufenthalte konnten daran nichts ändern. Für kurze Zeit war dann immer eine Verbesserung da, aber sobald ich wieder zu Hause dem normalen Trott verfallen war, ging es wie vorher weiter. Und nicht nur das. Es kamen noch andere Baustellen hinzu, denn mein Körper war wegen seines nicht gerade guten Zustandes empfänglich für dies und jenes. Und komischer Weise schrie mein Körper auch immer: „Hier!", wenn es etwas zu verteilen gab und sorgte dafür, dass mir nie langweilig wurde. So quälte ich mich zu dem Paket MS noch mit anderen Sachen herum, aber da ich mit der Zeit hart im Nehmen wurde und schon immer ein Kämpfertyp war, konnte ich damit umgehen. Man lernt schließlich nie aus.

Trotz alle dem fand ich aber immer wieder etwas, womit ich mich, zumindest für kurze Zeit, aus dem MS-Sumpf herausziehen konnte. Und dies war die Liebe zu Tieren. Die fragen nämlich nicht, ob man gehandicapt ist. Sie geben einem bedingungslose Zuneigung. Zu gesunden Zeiten bin ich viel geritten, Pferde waren mein Ein und Alles und ob Ihr es glaubt oder nicht, ich habe trotz aller Einschränkungen wieder angefangen zu reiten. Und ich meine selbstständiges Reiten, keine Hippotherapie.

Ich hatte das große Glück, dass ein Hof ganz in meiner Nähe neu eröffnet wurde. Die Besitzerin hatte überhaupt kein Problem mit mir und ermöglichte es, dass ich wieder auf dem Rücken eines Pferdes sitzen durfte. Es war zwar nicht so leicht, mich auf den treuen Vierbeiner zu verfrachten, aber letztendlich schafften wir es mit vereinten Kräften. Ich hätte mir seit Ausbruch der Krankheit nicht mehr erträumt, noch einmal meiner großen Leidenschaft nachzugehen. Ich schwebte immer wie auf Wolke 7, wenn ich vom Pferderücken kam und genau solche Hochgefühle ermutigten mich darin, weiter zu kämpfen und nicht den Kopf in den Sand zu stecken. Aber diese Hochgefühle hielten mein MS-Monster nicht davon ab, mich weiter zu beschäftigen. Ich testete neue Medikamente und Therapien, aber der Erfolg war meist nur von kurzer Dauer. Oder ich musste die Medikamente wieder absetzen, weil mein Körper einfach nicht mit ihnen auf „DU" gehen wollte. Nur auf mein treues Wundermittel Cortison war nach wie vor Verlass.

Dann war es sehr lange ruhig. Doch auf einmal kam wieder so ein schwerer Schub, der mir fast die gesamte Mobilität raubte. Meist ist es so, dass die Krankheit schubförmig startet. Das heißt: Hier treten plötzlich und in unregelmäßigen Abständen Beschwerden auf, die sich danach vollständig oder teilweise wieder zurückbilden. Je länger die

Krankheit aber ihr Unwesen treibt, geht dies meist in den chronischen Verlauf über, wo es auch noch Unterschiede gibt. Bei mir ist es der sekundär chronisch progrediente Verlauf. Was bedeutet, die Krankheit schleicht langsam voran, aber es können trotzdem noch zusätzlich Schübe auftreten. Wie man sieht, konnte ich einfach den Hals nicht vollkriegen.

Dieser Schub sorgte dafür, dass ich fast den Boden unter den Füßen verloren hätte. Aber auch hier, wie schon früher, kam mir meine Steh-immer-wieder-auf-Qualität zu Gute. Ich schaffte es, dieses dunkle Tief zu überwinden. Nicht ganz unschuldig daran waren auch die Therapeuten einer Rehaklinik. Es blieben zwar einige zusätzliche Einschränkungen zurück, aber ich stand immer noch auf meinen Beinen und konnte mich fortbewegen. Nicht weit und nicht lange, aber es ging. Nun blieb mir aber nichts anderes übrig, für weitere Strecken auf den fahrbaren Untersatz Rollstuhl umzusteigen. Zu Beginn meiner Krankheit war die Vorstellung „Rollstuhl" ein absoluter Horror, aber da man meist mit dem Alter etwas weiser wird, sehe ich ihn jetzt nur noch als Hilfe an. Mit ihm kann ich Sachen machen, die sonst nicht machbar sind. Und deshalb bin ich inzwischen froh und dankbar, dass es so etwas gibt. Auch wenn ich lange dafür brauchte, es in meinen Kopf zu bekommen. Und wenn jemand ein Problem damit hat, gemeinsam mit mir in meinem fahrbaren

Untersatz gesehen zu werden, der kann ja wegbleiben. Auch so etwas lernt man erst mit der Zeit, aber wie heißt es so schön: Besser spät als nie! Schließlich bin ich noch nicht so alt, um mich in einem gläsernen Kasten einschließen zu lassen und diesen mit Watte zu polstern, damit nichts mehr an mich herankommt. Denn ich will nach wie vor am Leben teilnehmen. Und in einem Glaskäfig ist man auch nicht wirklich sicher.

Reiten war nun leider nicht mehr drin. Aber dennoch blieb ich dem Hof treu und konnte somit den Kontakt zu meinen geliebten Pferden weiter aufrechterhalten. Aber ich fand wieder ein neues Ventil, was mich forderte. Und zwar das Schreiben, was mich bis dato ausfüllt und dafür sorgt, dass ich auf diese Weise meine überschüssige Energie positiv für mich und meine Krankheit umsetzen kann. Andere gehen joggen, ich haue in die Tastatur.

Nach diesem Schub war fast sechs Jahre Ruhe. Hier und da mal ein kleines Auf und Ab, aber nichts Besorgnis erregendes. Jedoch schien das wohl etwas zu langweilig zu sein, bis ich wieder: „Hier!" schrie. Aber diesmal sollte nicht die MS der Auslöser sein. Es fing alles mit starkem Durchfall und Magenkrämpfen an, die sich über Wochen hinzogen. Natürlich geht man deswegen nicht sofort zum Arzt. Ist ja nur Durchfall. Eine absolute Kleinigkeit zur MS. Leider war dem nicht so. Ein sehr ansteckender

Keim hatte sich bei mir festgesetzt und dank meiner Ignoranz konnte er sich richtig breitmachen. Also blieb mir nichts anderes übrig, als doch ins Krankenhaus zu gehen, wo leider nichts gemacht werden konnte, da der Keim zu ansteckend war. Also wieder nach Hause, abwarten bis sich alles von selbst regelte, und dann dem Grund der Magenkrämpfe mit Hilfe einer Magenspiegelung auf den Zahn zu fühlen. Eine Zeit, die sehr viel Kraft gekostet hatte, da ich dank meiner MS nicht zu der Zielgruppe der Menschen gehöre, wo das Immunsystem und der Kräftehaushalt im grünen Bereich sind. Die Magenspiegelung brachte kein Ergebnis und dank meines geschwächten Körpers, war mein Kreislauf der Meinung, bei diesem Eingriff schlapp zu machen. Warum auch nicht, er hatte ja sonst nichts zu tun. Da die Beschwerden nach wie vor da waren, fackelte mein Hausarzt nicht lange und überwies mich ins nächste Krankenhaus. Gut, wenn man einen fähigen Arzt an seiner Seite hat. Da wurde dann der Übeltäter entdeckt und es wurde beschlossen, ihn zu entfernen. Die liebe Gallenblase muckte und musste somit das Zeitliche segnen.

Eine Operation, nicht auch das noch! Ich wurde das letzte Mal als Kleinkind operiert, woran es keine Erinnerungen mehr gab. und ich war auch nicht wirklich scharf auf so eine neue Erfahrung. Eine Woche hatte ich nun Zeit, mich auf die Operation vorzubereiten. Genug Zeit, mich verrückt zu machen. Und man kann sich gar nicht vorstellen, was man sich alles zusammenspinnen kann. Das Internet ist da auch nicht wirklich hilfreich. Ich hatte nämlich nichts Besseres zu tun, als mich im Internet schlau zu machen, wie so eine Operation von statten geht, was passieren kann und so war es unmöglich mein Kopfkino abzuschalten. So bin ich eben, meine Fantasie kennt keine Grenzen. Ich malte mir in den schönsten Bildern aus, was alles passieren kann. Sie denken jetzt, eine Gallenoperation ist doch nichts, aber wir MSler sind meist Sensibelchen, reagieren auf Dinge, die wir nicht beeinflussen können, äußerst extrem und man weiß nie, was eine Narkose bei uns anrichtet. Besser gesagt, was das anrichtet, wenn wir uns selbst vorher so verrückt machen und solchem Stress aussetzen. Denn den mögen wir überhaupt nicht und schon mischte meine Krankheit wieder unbewusst mit. Einen neuen Schub konnte ich mir nicht erlauben, das hätte wahrscheinlich meine Gehfähigkeit, die sowieso schon sehr eingeschränkt war, zum Erliegen gebracht. Was man sich so alles zusammenspinnen kann, ist schon erstaunlich, allerdings nicht gerade hilfreich für ein gutes Nervenkostüm.

Nun war Tag X da. Einen Tag vorher ging es ins Krankenhaus und meine Anspannung war nicht mehr in Worte zu fassen. Jedoch hatte ich Glück. Ich traf auf einen Arzt, der genau das richtige Fingerspitzengefühl hatte, mir meine Angst zu nehmen. Er war es auch, der mich operierte. Er und der Narkosearzt machten einen super Job! Gäbe es einen Oskar für so etwas, hätten sie ihn verdient. Eine gute Stunde nach der Operation stand ich wieder auf meinen eigenen Beinen, zwar etwas wackelig, aber ich stand und konnte mich alleine fortbewegen. Meine Horrorvorstellung, nicht mehr laufen zu können, hatte sich binnen Sekunden in Luft aufgelöst. Ich brauche sicher nicht zu erwähnen, was für ein Stein, nein, ein ganzes Gebirge mir vom Herzen gefallen ist. Und sollte ich noch einmal in die Situation kommen, operiert werden zu müssen, hoffe ich, dass ich vorher mein Nervenkostüm etwas besser in den Griff bekomme. Hilfreich wäre das bestimmt. Nun heißt es abzuwarten, wann mein Körper mir mal wieder einen Streich spielen möchte. Hoffentlich verstreicht bis dahin aber noch sehr, sehr viel Zeit.

Nun ärgere ich mich schon gute 33 Jahren mit dieser teuflischen Krankheit und den anderen Baustellen herum. Meine MS schreitet nach wie vor weiter voran, ohne dass man absehen kann, was noch alles kommt. Es ist ein Fass ohne Boden. Ohne Rollstuhl geht gar nichts mehr. Er ist mein ständiger Begleiter, drinnen wie draußen. An Laufen, nicht mal einen Schritt, ist nicht mehr zu denken. Und auch die vielen anderen Hilfsmittel, wie Toilettenerhöhung, Aufstehhilfe am Bett, Rutschbrett für ins Bett und ... gehören zum täglichen Leben hinzu. Ohne sie ging nichts. Aber besiegt hat mich mein Teufel im Körper bis heute nicht und das wird er auch weiter nicht schaffen.

Wenn ich zurückdenke, habe ich trotz fortschreitender Krankheit viel, sogar sehr viel erlebt und erreicht, was vielleicht bis dahin nicht einmal ein „gesunder" Mensch erleben durfte und geschafft hat. Ich bin trotz fortschreitender Krankheit viel gereist, und genau diese Dinge kann mir keiner mehr nehmen. Ich habe interessante Menschen kennengelernt, die ich wahrscheinlich ohne MS nie kennengelernt hätte. Ich habe Personen an meiner Seite, denen ich blind vertrauen kann und das kann man für kein Geld der Welt kaufen.

Meine Devise lautet inzwischen: „Ich lebe mit MS, nicht die MS mit mir!", auch wenn das ein langer Lernprozess war. Lebe jeden Tag so, als wenn es der Letzte ist. So kann ich immer wieder Kräfte mobilisieren und den Kampf gegen diese tückische Krankheit aufnehmen. Na klar, es wird nach wie vor Höhen und Tiefen geben, dann stellt man sich erneut die berühmte Frage: „Warum?", auf die man sowieso keine Antwort bekommt, aber ich weiß genau: „Ich werde nicht kampflos aufgeben!!!" Der

Tag, an dem ich aufgebe, ist der Tag, an dem ich sterbe.

Mein vertrauter Feind

Erhält man die Diagnose MS, reißt es einem erst einmal den Boden unter den Füßen weg. Da kommt man schnell an seine Grenzen, körperlich wie auch psychisch.

Und es ist ja nicht nur das. Eine Krankheit, geprägt von Ängsten, Vorurteilen, Missverständnissen sowie Reaktionen des Umfelds. Aus diesem Teufelskreis kommt man nur heraus, wenn man für sich selbst den richtigen Weg findet, mit „seinem MS-Monster" klarzukommen und dagegen anzukämpfen. Schließlich bekommt man täglich gezeigt, wie mächtig dieser Feind ist. Ich habe meinen gefunden. Es war ein langer und steiniger Weg, der sich aber gelohnt hat.

Mein Leitspruch ist: „Ich lebe mit MS, nicht die MS mit mir!", denn ein Leben mit MS ist noch lange nicht die Endstation. Deshalb nehme ich auch alles mit, was sich mir bietet.

Oft werde ich gefragt: „Warum lachst du so viel, obwohl du eine unheilbare Krankheit hast?" Aber wieso denn nicht? Nur Trübsal blasen bringt doch nichts! Das Leben ist einfach zu wertvoll, um den Kopf in den Sand zu stecken und zu resignieren.

Und sollte der vertraute Feind doch mal wieder gnadenlos zuschlagen, heißt es: „Kopf hoch, Aufstehen, Krönchen richten und weiterkämpfen!"

Kopfkino - Gedanken - Empfindungen

Wenn man alle negativen Gedanken, Gefühle, Erlebnisse und Geschehnisse durch positive ersetzen könnte, dann wäre man der reichste Mensch.
Zitat Klaus Seibold

Kampfansage
Mein Kopf sagt JA, mein Körper sagt NEIN.
Kennen Sie das auch?
Wem soll ich nun vertrauen?
Beide sehr vertraut und doch um Welten voneinander getrennt.
Dann schaltet sich das große „W" ein: Warum?
Und keiner gibt mir eine Antwort.
Ich grüble, will aufgeben, aber ganz tief in meinem Kopf macht sich eine Stimme breit, die sagt NEIN, wer aufgibt ist feige.
Und diese Stimme wird so stark, dass ich sie nicht mehr ignorieren kann.
NEIN, ich werde nicht aufgeben, ich stecke nicht den Kopf in den Sand, ich kämpfe!

MS - Krieger

MS - Krieger – ein hartes Wort, aber es entspricht der Wahrheit.

Ein Krieger ist eine Person, deren Berufung es ist zu kämpfen. Und genau das mache ich Tag für Tag, um die Fehde gegen mein MS-Monster aufzunehmen.

Mal besser mal schlechter, aber es geht.

Ein Gefecht gegen einen übermächtigen Gegner, aber es lohnt sich, diesen zu kämpfen.

Die Hoffnung stirbt zuletzt

Ein Spruch, den jeder schon einmal gehört hat. Für mich die bittere Wahrheit!

Doch die Hoffnung in mir ist stark. Sie hat nicht das Wissen, dass die MS mich irgendwann in die Knie zwingt, sondern der Glaube, dass sie es nicht macht.

Ich stehe wieder auf

Zwingt uns das Leben in die Knie, haben wir die Wahl, liegen zu bleiben oder wieder aufzustehen.

Ich stehe wieder auf! Und was machen Sie?

Aufgeben – Nein Danke

„Ich lebe mit MS, nicht die MS mit mir!"

Diesen Leitspruch habe ich mir auf die Fahne geschrieben. Trotz fortschreitender Krankheit habe ich bis heute nicht kapituliert, gegen einen übermächtigen Gegner zu kämpfen.

Aufgeben – das ist ein Fremdwort für mich.

Auch wenn es mir nicht immer leichtfällt, sich täglich einen Kampf mit einem übermächtigen Gegner zu stellen.

Bereits Goethe sagte: „Nichts ist so wichtig wie der heutige Tag."

Und genau danach lebe ich.

Ich genieße jeden Tag, als wenn es der Letzte wäre und versuche, das Beste daraus zu machen.

Denn nur eine Sache ist verloren, wenn man aufgibt.

Das schaffe ich nicht – das kann ich nicht

Gedanken, die versuchen, mich zu beeinflussen. Oft sehen sie wie der Gewinner aus, aber dann beginnt ein kleiner Funke ganz tief in mir zu glühen und lässt mich nicht einschüchtern.

Er sagt ganz deutlich: „Das gibt es nicht"!

Beziehungsstatus

MS – eine Beziehung für das ganze Leben.
Ich brauche keine Angst haben, dass sie mich jemals verlässt. Sie ist wirklich treu.
Aber wer hat mich überhaupt gefragt, ob ich diese Beziehung will?
Niemand!
Denn es gibt Dinge, worauf man wirklich gut und gerne verzichten kann.
Ja sicher, man muss aus dieser ungewollten Bindung das Beste machen. Doch das ist leichter gesagt als getan, denn die MS erinnert einen täglich daran, wie eng das Verhältnis ist.

Warum?

MS – eine Krankheit mit 1000 Gesichtern und 1000 Fragen. Eine davon: Warum?
Jedoch bisher ohne Antwort.

Schlechte Gedanken und Erinnerungen

Ich versuche immer meine schlechten Gedanken und Erinnerungen, die hin und wieder versuchen, meinen Kopf zu besetzen, fallen zu lassen.
Ich denke nicht ständig darüber nach, denn nur so kann ich meinen Kopf davon erlösen.

Würfelspiel

Die Spielregeln bei MS sind immer gleich. Es sind nicht die anderen, die einen aus dem Spiel schlagen. Sondern die eigene Einstellung. Egal wie schlimm alles ist, man muss an seine eigene Kraft glauben, auch wenn es nicht immer leicht ist.

Nur wenn man fest daran glaubt, wird man dieses Spiel nicht so schnell verlieren. Es wird einiges an Kraft kosten, aber es lohnt sich.

Herzenswünsche

Herzenswünsche – Haben Sie die? Meiner ist ganz klar.

Für einen Tag möchte ich meine MS vergessen, nicht spüren. Einfach das tun, was ich will.

Einen langen, ausgedehnten Spaziergang machen. Keine Medikamente nehmen müssen.

Einfach nur den Tag genießen und sich an ihm erfreuen. Herzenswünsche – Wunschdenken – aber träumen ist schließlich nicht verboten.

Arztgedanken

Das sagte mein früherer Arzt, der mich sehr lange begleitet hat.

MS-Patienten sind aus meiner Sicht zu bewundern!

Da die Erkrankung erst mit einigen kleinen „Unregelmäßigkeiten" beginnt, bevor irgendwann einmal die Diagnose gestellt wird, befassen sich die Patienten(innen), in der Mehrzahl junge Frauen, sehr schnell mit ihrer Krankheit. Sie lernen diese zu akzeptieren, verfallen nicht in eine tiefe Depression, sondern fangen an, sich ihrer Krankheit zu stellen. Sie sind lebensbejahend, voller Zuversicht und geben sich und ihr Umfeld nicht auf. Sie arbeiten, falls möglich, noch in ihrem Beruf, selbst wenn sie im Rollstuhl sitzen. Haben oft eine eigene Familie, die ebenfalls hilfreich zur Seite steht.

Sie wollen auch ein Vorbild sein - kein Mitleid auslösen, sondern integriert sein im täglichen Alltag, mit seinen schönen, aber auch unangenehmen Seiten. Sie schreiben z.B. Bücher, leiten Selbsthilfegruppen, helfen und unterstützen andere Menschen mit den verschiedensten Sorgen und Krankheiten, das heißt, in ihrem Blut liegt eine Art „Helfersyndrom".

MS-Patienten(innen) sind gut organisiert, durch die digitale Welt miteinander verbunden und daher auch niemals allein. Die meisten MSler nehmen ihre Krankheit an und lassen sich von ihren Ärzten helfen und leiten und akzeptieren die für sie bestmöglichste neue Behandlungsmethode. Denn nur so haben sie die Chance auf ein langes, wenn auch eingeschränktes Leben. Von daher ist ihre Perspektive eine ganz andere als z.B. bei einem Krebspatienten. Sie legen auch viel mehr Wert auf Solidarität von Familie und Freunden.

Da die immer besser werdende „Gerätemedizin" MS-Kranken mehr Mobilität ermöglicht, wie z.B. das Benutzen öffentlicher Einrichtungen, Kinos, Restaurants oder Geschäften, finden auch kaum mehr Ausgrenzungen statt.

MS-Kranke haben eine Zukunft, und solange der Verstand mitspielt, in vielen Dingen eine akzeptable Lebensführung.

Wichtig ist und bleibt das Vertrauen des/der Patienten(innen) zu seinem/ihrem Hausarzt und Neurologen, der immer der erste und letzte Ansprechpartner ist und bleibt über viele Jahre und Jahrzehnte.

Ganz nach dem Motto: Einer für alle, alle für einen!

Begegnungen der „Dritten Art"

Ich kann so viel über Begegnungen mit den lieben Mitmenschen da draußen erzählen, dass dies hier den Rahmen sprengen würde. Also werde ich einfach mal etwas aus dem Nähkästchen plaudern.

Erst einmal braucht Ihr wirklich keine Angst vor uns zu haben. Wir tun Euch nichts und stecken Euch auch nicht an.

Es ist nicht nötig, einen Kommentar abzugeben, wenn Ihr seht, wie wir uns fortbewegen. Glaubt mir, wir machen das nicht, um Euch zu belustigen. Es geht einfach nicht anders.

Straft auch bitte nicht die Menschen, die bei uns sind, mit Blicken oder Kommentaren. Sie machen das aus freien Stücken und schämen sich nicht dafür, mit jemandem wie uns gesehen zu werden.

Auch tut es nicht weh, wenn Ihr uns mal eine Tür aufhaltet. Es ist nicht leicht, wenn man mit seinem Hilfsmittel, wie Stock, Rollstuhl oder Rollator, den Kampf gegen eine Tür aufnimmt. Sie wollen halt manchmal nicht so wie wir. Also bitte nicht wegschauen, oder sich sogar darüber amüsieren, sondern in Aktion treten und helfen. Wir werden darüber erfreut sein und schon hat man mit einer kleinen Aktion eine gute Tat vollbracht.

Ebenso braucht Ihr uns nicht zu bemitleiden, wenn Ihr uns seht. Wenn es ehrlich gemeint ist, ist das etwas anderes, aber diese Mitleidsnummer muss wirklich nicht sein. Wir wissen selbst und spüren es täglich, wie gut oder schlecht es uns geht.

Ihr braucht uns aber auch nicht jedes Hölzchen und Stöckchen vor den Füßen wegzuräumen und uns in Watte zu packen, nur weil wir in der Bewegung eingeschränkt sind. Sicher, Hilfe anbieten ist gut, aber man muss es nicht übertreiben, denn so hilflos, wie Ihr glaubt, sind wir nicht. Und sollten wir einmal Eure Hilfe dringend benötigen, werden wir es schon sagen. Dann ist es immer noch früh genug, dass Ihr uns zur Seite steht. Dieses Angebot wird dann auch gerne angenommen.

Das nächste Problem ist die Urlaubsreise. Ja, auch wir wollen verreisen. Jedoch wenn man wie ich mit Rollstuhl reist, dann dazu noch das normale Gepäck hat, sieht es stets so aus, als wenn man ausziehen würde. Da ist es nicht immer leicht, so viel Gepäck zu verstauen. Natürlich muss der liebe und wachsame Nachbar alles genau beobachten und kluge Ratschläge geben. Natürlich weiß er genau, wie man so eine Menge Gepäck verstaut und muss einem dabei das Gefühl geben, dass man selber völlig unfähig dazu ist. Aber glaubt nicht, dass er helfen würde. Viele Menschen sind gut mit dem Mund, aber wenn dann Taten folgen sollen, finden sie immer einen Grund, warum sie gerade in diesem Augenblick nicht helfen können. Bemerkungen wie, mein Telefon klingelt, da muss ich jetzt aber schnell dran gehen, ist bestimmt wichtig, verschaffen einem da immer ein Alibi.

Allerdings habe ich zum Thema Reisen auch sehr positive Dinge erlebt, die man nicht verschweigen darf. Ich habe die Erkenntnis gemacht, dass man, wenn man mit dem Flugzeug reist, um andere Länder zu besuchen, auf viel Hilfe zählen kann. Und selbst die Menschen in den fremden Ländern (und damit meine ich Länder, die nicht unbedingt so im Mittelpunkt des Weltgeschehens stehen) gehen mit einem meist so offen und selbstverständlich um, als wenn es das Normalste der Welt ist, einem behinderten Menschen zu begegnen. Sie sehen nur den Menschen und nehmen einen so, wie man ist, und das ist ein gutes Gefühl. Sicher haben einige auch hier schlechte Erfahrungen gemacht, aber meine sind nur positiv und auch das sollte dann erwähnt werden.

Eine Gattung Mitmenschen darf natürlich nicht vergessen werden. Das sind diejenigen, die über alles Bescheid wissen. Haben sie erst erfahren, an was für einer Krankheit man leidet, kennen sie mit Sicherheit mehr als genug andere Leute in ihrem Bekanntenkreis, die auch diese Krankheit haben, egal wie selten sie ist. Man hat schließlich in einer

Zeitung darüber gelesen und kann sich nun „Experte" nennen. Daher müssen sie auch sofort ihr Fachwissen weitergeben und einen mit klugen Ratschlägen bombardieren. Denn wenn so etwas in der Zeitung steht, stimmt das natürlich auch alles. Deshalb wissen sie auch, was gut für einen ist und was nicht. Stand auch in der Zeitung. Ich habe die Erfahrung gemacht, dass die Leute, die es nicht an die große Glocke hängen, diejenigen sind, die sich mit meiner Krankheit beschäftigen und auseinandersetzen. Sie müssen sich nicht wichtig machen und in den Vordergrund spielen und helfen einem damit viel mehr.

Bitte steckt uns nicht in irgendwelche Schubladen. Damit tut Ihr uns keinen Gefallen, denn da wieder herauszukommen ist sehr schwer. Nehmt uns einfach so wie wir sind. Hinter jedem von uns steckt eine Persönlichkeit mit Gefühlen. Das solltet Ihr immer bedenken, bevor Ihr handelt. Dies erfordert etwas Mitdenken, aber ich glaube, das bekommt Ihr alle hin.

Nun noch etwas zum Schluss: Was in mir wirklich die Wut hochsteigen lässt, sind die lieben Menschen, die meinen, nur weil man körperlich eingeschränkt ist, ist man auch gleichzeitig geistig krank. Sicher gibt es auch diese Kombination, aber jeder körperlich Behinderte ist nicht gleich auch geistig krank. Ihr meint, Ihr tut uns etwas Gutes, wenn Ihr mit uns sprecht, wie mit einem Baby und uns auch so behandelt. Und selbst wenn ein Mensch geistig behindert ist, gehört sich so etwas nicht. Mit uns allen kann man in ganzen Sätzen sprechen. Versucht es doch einfach mal. Ihr werdet Euch wundern. Wir verstehen Euch, obwohl ihr normal redet.

So, dies soll nun genügen, obwohl ich noch genug Stoff hätte. Denn es gibt auch noch die lieben Behörden, Ärzte oder öffentlichen Einrichtungen, mit denen man schon alleine ein Buch füllen könnte.

Die von mir geschilderten Situationen sind persönliche Erfahrungen und treffen natürlich nicht auf jeden zu. Sicher haben einige von Ihnen jetzt den Kopf geschüttelt, als sie das gelesen haben, aber es waren wirklich alles reale Erlebnisse, die ich in der großen weiten Welt erleben durfte. Ich will hier wirklich nicht alle über einen Kamm scheren. Es gibt genug Menschen, die sich wirklich um einen bemühen und es ernst mit einem meinen. Aber leider gibt es auch genug von denen, über die ich hier berichtet habe. Vielleicht ertappt Ihr euch selbst bei dem einen oder anderen Punkt, wo Ihr uns unbewusst auf die Füße getreten seid.

Immer an die goldene Regel denken, dann kann nichts passieren:

„Was Du nicht willst, das man Dir tut,
das füg' auch keinem andern zu.“

Gefühlschaos

Ein Tag im Frühjahr 1991 …
Ein Tag wie eine Naturkatastrophe …
Ein Tag, der unser Familienleben nachhaltig
verändert hat …

1990 berichtete uns unsere Tochter Britta von einer „Unsicherheit beim Gehen", die aber nach einigen Tagen nicht mehr bestand. Wir nahmen an, dass es sich um die Auswirkungen einer leichten Verletzung handelte, die sie sich beim Handballsport zugezogen hatte. Weitergehende Gedanken haben wir uns nicht gemacht.

Britta war gerade 19 Jahre alt. Sie befand sich in der Berufsausbildung zur Versicherungskauffrau.

Ihr Leben lief rund und Zukunftspläne schob sie vor sich her. Erst einmal die Ausbildung zu Ende bringen und sich dann mit der Lebensplanung beschäftigen. Sie genoss ihr Leben im Kreise ihrer Freunde. Aber „die Unsicherheit beim Gehen" kam wieder. Ferner traten „Sehstörungen" auf. Erneut verschwanden diese Symptome nach einigen Tagen. Wir rieten unserer Tochter zu einem Arztbesuch, aber sie ignorierte unseren Hinweis.

Meine Frau und ich waren über diese Beschwerden, auch wenn sie nach wenigen Tagen nicht mehr

vorhanden waren, sehr beunruhigt. Wir mussten etwas unternehmen. In der Nachbarschaft wohnte ein Arzt, ein Allgemeinmediziner. Wir haben uns mit ihm darüber unterhalten. Seine Vermutung:
Multiple Sklerose (MS). Von dieser Erkrankung hatten wir bisher keine Kenntnis. Aber seine Informationen ließ uns das Blut in den Adern stocken. Besonders meine Frau, die sehr nah am Wasser gebaut hat, war den Tränen nahe. Er empfahl einen Arztbesuch bei einem Neurologen.

Von der Aussprache mit unserem Nachbarn haben wir unserer Tochter zunächst nichts gesagt. Aber jetzt war dringender Gesprächsbedarf angesagt. Die Debatte mit Britta lief völlig aus dem Ruder. Es ist uns nicht gelungen ihr begreiflich zu machen, dass sie vermutlich an „Multiple Sklerose" erkrankt ist. Mit dieser Erkrankung ist nicht zu spaßen! Aber sie blockte all unsere Besorgtheit ab. Es ginge ihr gut und sie fühle sich wohl. Wir sollten doch wegen der wenigen gesundheitlichen Störungen nicht einen solchen Aufstand machen. Sie wollte davon nichts wissen. Hier stand ihr wohl ihr Westfälischer Dickkopf im Weg.

Britta war volljährig. Das bedeutete, für ihr weiteres Leben war sie selbst verantwortlich. Wir konnten ihre Reaktion nicht begreifen. Für meine Frau war die ganze Situation besonders schwer zu ertragen. Ich bin davon überzeugt, dass Frauen, besonders Mütter, ganz anders ticken als Männer.

Wir waren uns sicher, dass die gesundheitlichen Probleme wieder auftreten. Also ergriffen wir die Initiative und fingen an, uns über das Krankheitsbild kundig zu machen. Die Informationen waren sehr erschreckend, nein, schlimmer, zum Fürchten!

Eine gewisse Zeit war Ruhe, doch dann waren die gesundheitlichen Beeinträchtigungen wieder da, aber massiver. Das Gehen wurde sichtlich schlechter. Britta bekam die Füße nicht mehr hoch. Besonders schlimm war das rechte Bein. Jetzt endlich begriff auch unsere Tochter, dass mit ihrem Körper etwas nicht stimmte. Aber die Möglichkeit der Krankheit „Multiple Sklerose" schob sie erneut weit von sich.

Unser Hausarzt überwies sie auf ihr Drängen zu einem Orthopäden. Dieser schickte sie dann direkt an den ortsansässigen Neurologen weiter. Beim ersten Kontakt hatten wir nicht das übliche vertrauensvolle Gefühl, aber es gab keinen anderen Neurologen am Wohnort. Das Einführungsgespräch verlief nicht nach unseren Vorstellungen. Unsere Fragen wurden nicht befriedigend beantwortet. Er spielte die Schilderungen von Britta herunter. Man solle nicht mit Kanonen auf Spatzen schießen. Er ließ sich dann doch herab, Untersuchungen zu machen. Meine Frau, besonders meine Frau, und ich wurden fast verrückt, weil die Untersuchungen viel Zeit in Anspruch nahmen. Wir befürchteten schon, da Britta neben ihrem „Dickkopf" auch noch ein „Temperamentbolzen" war, dass sie mit vielen Fragen zur Untersuchung dem Arzt auf die Nerven ging. Aber sie hielt sich zurück und alles ging gut.

Dann geschah etwas Ungeheuerliches. Mir verschlug es fast die Sprache. Der Arzt wollte das Untersuchungsergebnis erst mir, dem Vater, mitteilen. Ich habe erzürnt abgelehnt. Also saßen wir zu dritt auf dem Sünderbänklein und der Arzt kam ohne Umwege zur Sache. Die Diagnose lautete: Multiple Sklerose (MS). Totenstille … Man hätte jede, auf den Fußböden fallende Nadel gehört. Aufgrund unserer Informationen wussten wir, was diese Diagnose bedeutete. Schockzustand bei meiner Frau und mir. Ignoranz bei Britta, keinerlei Gefühlsregung. Hatte sie nicht begriffen, was der Arzt da gerade gesagt hatte? Ein umso größerer Gefühlsausbruch bei meiner Frau, Tränen, sehr viele Tränen.

Der Arzt versuchte, insbesondere Britta zu beruhigen. Worte wie: „Die Diagnose muss erst noch durch weitere spezielle Untersuchungen überprüft werden." Es gebe derzeit sehr gute Medikamente, die ein Fortschreiten der Erkrankung erheblich einschränke. Wichtig seien regelmäßige Untersuchungen, um die Erkrankung im Blick zu behalten. Der Arzt verordnete Medikamente und bat, diese auch zwingend einzunehmen. Ebenso wollte er noch eine zweite Meinung und schickte unsere Tochter ins Krankenhaus, wo aber nicht viel Neues dabei heraus kam.

Während Brittas Krankenhausaufenthalt, es waren nur einige Tage, mussten meine Frau und ich die Diagnose erst einmal sacken lassen. Meine Frau sagte immer wieder: „Warum unser Kind?" Ich erwiderte, dass diese Aussage nachvollziehbar sei, aber ungerecht gegenüber den vielen Menschen, die Tag für Tag erkranken. „Wir müssen jetzt wieder mehr Verantwortung für unsere Tochter übernehmen. Ob sie das will oder nicht", erklärte ich ihr. „Aber wir dürfen ihr nicht zu viel abnehmen und sie damit in eine Unselbstständigkeit bringen. Wir müssen sie einfach durch aktive Hilfe unterstützen, damit sie ihr zukünftiges Leben von allein auf die Reihe bekommt."

Als unsere Tochter wieder zu Hause war, zwangen wir sie dazu, sich mit uns zusammenzusetzen. Nach vielem Hin und Her waren wir uns einig, erst einmal abzuwarten. Allerdings war die Wahrnehmung von gesundheitlichen Veränderungen bei Britta verstärkt zu beobachten. Eine Zerreißprobe für uns, für meine Frau die Hölle. Die Medikamente zeigten ihre Wirkung. Die Berufsausbildung ging voran. Die bestehenden Freundschaften stabilisierten sich. Die

Arztbesuche wurden eingehalten. Britta hatte zu diesem Zeitpunkt alles im Griff.

**Ja, dann war er da, der Tag im Frühjahr 1991 …
Ein Tag, der unser aller Leben nachhaltig
veränderte …**

Auf einmal waren die besagten Symptome wieder da. Sie konnte nicht mehr gehen. Es ging wirklich nichts mehr. Meine Frau war einem Nervenzusammenbruch nahe. Für mich als Vater war es unerträglich, unsere Tochter in dieser Verfassung zu erleben. Der Arzt reagierte sofort, endlich mal, und überwies uns direkt in ein Krankenhaus, das auf MS spezialisiert war. Er kündigte unser Ankommen telefonisch an und wies auf die Dringlichkeit hin. Irgendwie haben es meine Frau und ich geschafft, Britta mit unserem PKW dorthin zu bringen. Britta sagte im Auto: „Was habe ich nur verbrochen? Mein eigener Körper ist der Feind." … Ich merkte, wie meine Frau bei diesen Worten schluckte und den Tränendruck ansteigen ließ. Ich sagte aber nichts.

Nach einer Vielzahl von Untersuchungen, auch schmerzhaften, die die Laune von Britta nicht verbesserten, gab es die endgültige und eindeutige Diagnose: „Multiple Sklerose". Es muss gesagt sein, diese Krankheit ist nicht heilbar. Man ist damit zwar nicht zum Sterben verurteilt. Nein, man kann damit sehr alt werden, aber wenn die Krankheit fortschreitet, kann man mit erheblichen körperlichen Einschränkungen rechnen. Diese Diagnose musste Britta erst einmal in ihren Kopf bekommen. Das braucht Zeit, viel Zeit ...

Meine Frau und ich spürten diese unerträgliche Ohnmacht, das Gefühl der Leere, sowie eine gedrückte Stimmung. Nach einer kurzen Depressionsphase war eins klar: Egal, wie schlimm es wird, wir stehen voll und ganz zu unserer Tochter. Wir mussten aber, wie bereits erwähnt, aufpassen, sie nicht mit unserer Hilfe und Fürsorge zu erdrücken und damit zu sehr zu belasten.

Nach der Entlassung aus dem Krankenhaus nahm das Leben seinen Lauf. Wir versuchten so viel Normalität an den Tag zu legen, wie halt möglich. Und es gelang uns immer, bis wieder eine Verschlechterung eintrat. Ein Auf und Ab der Gefühle, aber so etwas schweißt eine Familie noch enger zusammen als vorher. Wir erlebten am eigenen Leib, wie tückisch und hinterlistig diese Krankheit sein kann. Heute geht es dem Erkrankten noch gut und morgen ist alles anders.

Doch das Schicksal meinte es auch mal gut mit uns. Britta fand einen neuen Neurologen. Zwar außerhalb unseres Wohnortes, aber einen, der sofort vertrauenserweckend war. Auch dieser Arzt konnte keine Wunder vollbringen, jedoch bemühte er sich, das Leben von Britta zu erleichtern. Er tat genau das Richtige, was sein Kollege nicht für nötig hielt. Er hörte ihr zu und nahm sie für voll. Diese Gespräche waren sehr ergiebig und taten unserer Tochter sehr gut.

Nach einem erneuten Krankenhausaufenthalt ging es für unser Kind direkt in eine Reha. Wir hielten diese Entscheidung für sehr sinnvoll. So konnte ich mich intensiver um meine Frau kümmern, die unter der Gesamtsituation sehr litt. Bei unseren Besuchen bekamen wir mit, dass Britta der Umgang mit anderen „MS-lern" sehr gut tat. Wir hatten den Eindruck, dass die MS endlich gedanklich bei ihr angekommen war. Die Gespräche mit den „Mitinsassen", vor allem mit denjenigen, denen es um einiges schlechter ging als unserer Tochter, taten ihr gut und veränderten sie positiv. Sie hatte erkannt, dass sie kürzer treten und mehr auf ihren Körper hören muss. Gesagt, getan. Nach wie vor ging ihr Temperament mit ihr durch, aber verhaltener wie bisher.

Fazit: Britta hatte ihre Bremse gefunden.

Dann überraschte sie uns mit der Nachricht, eine Reise in die USA zu buchen und zwar nach Los Angeles, Las Vegas und Hawaii. Meine Frau und ich schauten uns fragend an und glaubten nicht richtig gehört zu haben. Hatte sie ihre Bremse wieder verloren? Sie wollte doch einen Gang zurück schalten? Aber es war, wie es war. Da war der „Westfälische Dickkopf". Die Reise verlief störungsfrei und tat ihr richtig gut. Noch heute schwärmt Britta davon. Die Erlebnisse kann ihr keiner mehr nehmen …

Die Krankheit schritt peu á peu voran. Nun waren wir abermals an dem Punkt, wo Brittas Laune unausstehlich wurde und wir als Eltern der Prellbock waren. Das wiederum belastete meine Frau enorm. Ich glaube, dass kein Außenstehender die Vorstellung hat, welche seelische Belastung auf einer Mutter liegt. Das Monster MS zeigte uns, wozu es fähig ist.

So durchlebten wir ein Auf und Ab der Gefühle. Jedes „Hoch" wurde genutzt für Annehmlichkeiten. Jedes „Tief" musste überbrückt werden. Es war sehr beklemmend anzusehen, wie unsere Tochter immer mehr abbaute, denn jedes Tief hinterließ Spuren. Bis zu diesem Zeitpunkt hatten wir es immer noch nicht richtig geschafft, damit umzugehen. Aber wir durften auch nicht erkennen lassen, wie es in uns aussah.

Dann gab es wieder ein Highlight. Es ging mit dem Wohnmobil durch Kanada, um das Land zu erkunden. Auch diese Reise hat sie trotz ihrer Erkrankung gut überstanden. Wir waren mächtig stolz, dass unsere Tochter trotz ihres Handicaps das gemeistert hat. Und dies sollte nicht die letzte große

Tour gewesen sein, die sie trotz fortschreitender Krankheit unternahm.

Allerdings gab es auch negative Momente. Ihre Freunde wendeten sich von ihr ab. Freunde, mit denen sie durch dick und dünn gegangen ist. Freunde, für die Britta da war, als diese Hilfe brauchten. Für uns als Eltern unerklärlich und grausam. Wieder eine Erfahrung, die unser Nervenkostüm zu Hause kitzelte.

Es kam der Zeitpunkt, an dem es nicht mehr ohne Hilfsmittel ging. Zuerst ein Gehstock, später der Rollator. Nun versuchen Sie mal, einem „Westfälischen Dickkopf" klarzumachen, dass diese Hilfsmittel gut für ~~sie~~ ihn sind. Wer will schon mit diesen lästigen Dingern herumlaufen? Naja, irgendwie haben wir es wieder geschafft, sie zu überzeugen.

Später haben wir dann festgestellt, dass der Rollator auch ein Spaßfaktor sein kann. Wir waren gemeinsam mit ihm unterwegs. Aber irgendwann machte Britta schlapp, setzte sich auf diesen besagten Gehwagen und ich schob sie. Und damit haben wir zur Belustigung unserer Mitmenschen beigetragen. Wer hätte das gedacht? Auf unsere Fragen: „Was ist daran lustig? Möchten Sie etwas wissen?", bekamen diese nur hochrote Köpfe und zogen eilig davon. Leider mussten wir am eigenen Leib feststellen, dass für Menschen mit einem

Handicap in unserer Gesellschaft nur sehr wenig Toleranz besteht, leider!

Im Laufe der Zeit wurde unser Zusammenleben immer besser. Wir spielten uns aufeinander ein. Hin und wieder gab es noch Reibungspunkte in Bezug auf die Erkrankung. Aber wir sahen das als normalen Generationskonflikt an. Dennoch blieb das hilflose Gefühl, weil man das Fortschreiten der Erkrankung nicht stoppen konnte. Schließlich will man seinem Kind einen starken Rückhalt geben. Da darf man als Eltern nicht schwächeln. Ein sehr schwieriges Vorhaben.

Durch einen glücklichen Zufall wurde die Lebensfreude von Britta erheblich gesteigert. Ein Reitstall eröffnete in der Nähe seinen Betrieb. Pferde waren schon immer ihr Leben, also hurtig, mit der besten Freundin im Schlepptau, dorthin! Britta wurde dort mit ihrem Handicap akzeptiert. Alle in diesem Stall, ob jung oder alt, groß oder klein, waren aufgeschlossen und hilfsbereit. Unsere Tochter blühte sichtlich auf, war entspannt und für ihre Verhältnisse ausgeglichen, wenn sie von ihren geliebten Pferden kam. Allerdings waren wir uns sicher, dass es nicht nur die Pferde waren. Britta liebte Tiere schon immer. Da dort zusätzlich noch Hunde, ein Schweinchen und eine Katze lebten war das Gesamtpaket perfekt. Das Krankheitsbild stabilisierte sich. Für uns als Eltern ein Zeitraum zum

Durchatmen und Auftanken, aber immer mit der Angst und dem Gedanken: „Wann kommt der nächste Rückschlag?"

Im Herbst 2007 war es dann so weit. Die MS meldete sich abermals richtig zu Wort, und zwar diesmal so gewaltig, dass es das Allerschlimmste befürchten ließ. Wieder ein längerer Krankenhausaufenthalt und anschließend sofort in die Reha. Für uns erneut ein Wechselbad der Gefühle. Diesmal blieben sehr viele Spuren zurück. Also wurde ein Rollstuhl verordnet, da für unsere Tochter nur noch sehr kurze Wegstrecken zu bewältigen waren. Wir hatten schon Angst, wie sie damit umgehen würde, aber erstaunlicherweise hat Britta den Rollstuhl nach kurzer Zeit akzeptiert, weil dieser fahrbare Untersatz sehr gute Dienste leistete. Ein längerer Spaziergang oder z.B. ein Zoobesuch sind jetzt für uns alle ein unbeschwertes Erlebnis. Erstaunlicherweise wird ein Rollstuhl von den Mitmenschen eher toleriert, als ein Rollator. Ja ja, der Mensch das unbekannte Wesen …

Im Herbst 2010 überraschte uns unser Kind erneut und zwar mit der Nachricht, dass sie ein Manuskript für einen Jugendroman mit dem Titel „Willkommen zu Hause, Amy" geschrieben habe. Britta hat sich vor Lachen gekrümmt, als sie unsere ungläubigen Gesichter sah. Schade, dass wir sie nicht selbst sehen konnten. Wir hätten es nie für möglich gehalten, dass sie einmal anfängt zu schreiben, aber eines wussten wir: Britta hatte schon immer sehr viel Fantasie.

Meine Frau hat das Manuskript förmlich verschlungen. Ich, für meinen Teil, habe es erst später gelesen. Ich muss fairerweise sagen, dass mich der Buchinhalt bzw. die Erzählung beeindruckt hat. Dann kam im Februar 2011 der lang ersehnte Tag. Britta hielt ihr erstes, selbstgeschriebenes Buch in Händen. Diese leuchtenden Augen werden wir nie vergessen.

War dieses Buch für Britta ein neuer Anfang? Die Antwort dazu: ein eindeutiges „JA!".

Wir haben noch etwas hinzugefügt: Britta die Stehauffrau …

Bedingt durch die Krankheit von Britta war unser Zusammenleben bereits ein fester Verbund geworden. Brittas neues Hobby, das Schreiben von Büchern, hat uns noch enger zusammengeschweißt, weil sie es zugelassen hat, uns als Eltern in diese Tätigkeit mit einzubinden. Es war eine Freude mit anzusehen, welche Energie sie trotz ihrer schweren Krankheit wieder entwickelt hatte. In vielen Fällen haben wir sie sogar bremsen müssen, weil zu viel Hektik oder Stress für die Krankheit nicht förderlich sind.

Schwere Krankheitsschübe sind bisher nicht mehr erfolgt. Aber man muss sehr wachsam bleiben, um die möglichen vielen kleinen körperlichen Veränderungen zu erkennen. Denn MS schläft nicht. Eine mögliche neue Verschlechterung kann urplötzlich kommen, wie der Ausbruch eines Vulkans. Dessen sind wir uns bewusst.

Wir hoffen, dass der derzeitige Gesundheitszustand noch sehr, sehr lange anhält. Wir als Eltern stehen ihr nach wie vor in allen Lebenslagen zu Seite. Und sollte doch noch etwas Schlimmeres auf uns zukommen, so werden wir das auch zusammen meistern.

Unser gemeinsamer Kernspruch lautet: Entschlossenheit und Optimismus prägen heute unser Familienleben …

Papa…
Du bist nun im Himmel.
Ich hätte nie gedacht, dass das so weh tut.
Ich hätte nie gedacht, dass Du mir so
fehlen würdest.
Ich würde Dich so gerne noch einmal sehen und
Dir sagen wie lieb ich Dich habe.
Aber ich verspreche Dir, ich werde weiter
kämpfen - die MS besiegt mich nicht.

Ich will – Ich muss

Ich musste lernen, meine Lebenseinstellung aufgrund des MS-Monsters zu ändern.
Ich musste mein Alltagsleben neu organisieren. Das Unkalkulierbare: Wie wird der nächste Tag?
Eine sehr schwierige Herausforderung an mich selbst.
Vier Wörter sollen, nein müssen mein ständiger Leitfaden sein:
Ich will - ich muss.

Ich will:
Ich will mein Leben weiterhin genießen und daran teilhaben, auch wenn mich meine Erkrankung jeden Tag daran erinnert, dass vieles nicht mehr so geht wie bei einem gesunden Menschen.
Die MS fordert mich, versucht mich in die Knie zu zwingen.
NEIN, das lasse ich nicht zu …
Mein Hirnkasten hält stetig dagegen und hat bis heute gesiegt.

Ich muss:
Ich muss die Krankheit akzeptieren!
Ich muss einen Kampf führen, von dem ich weiß, dass ich letztendlich unterliegen werde.

Aber solange meine Energie nicht versagt, werde ich kämpfen, kämpfen, kämpfen …

Mein Ventil

Ein Mensch, der körperlich eingeschränkt ist, sucht nach einem Weg, um diese Einschränkungen auszugleichen. Trotz meiner Erkrankung hatte ich noch genug Energie, die sich im Laufe der Zeit aufgrund meiner Untätigkeit, in ein starkes körperliches Druckgefühl änderte. Dieser Zustand musste schnellstens geändert werden! Aber wie?

Ich fand eine Lösung: ein gedankliches Ventil!

Bei mir hat das Schreiben den Druckabbau bewirkt. Gesunde Menschen treiben Sport oder andere Aktivitäten, um überschüssige Energie abzubauen. Ich dagegen hämmere jetzt auf der PC-Tastatur herum und lasse meinen Gedanken und meiner Fantasie freien Lauf.

Ein befreiendes Erlebnis …

Schreiben als Therapie – mir tut das richtig gut! Dadurch habe ich nicht mehr so viel Zeit über meine unheilbare Krankheit nachzudenken. Ich kenne eine Vielzahl von MS-lern, die sich in ihr Schneckenhaus zurückziehen und am realen Leben nicht mehr teilnehmen wollen.

Was bringt das: ÜBERHAUPT NICHTS!

Und es gibt noch ein Ventil. Ich bin kommunalpolitisch in meiner Stadt Ennepetal aktiv.

Und zwar in einem gemeinnützigen Verein mit politischem Hintergrund. Das macht Spaß. Man lernt unterschiedliche und teils sehr interessante Menschen kennen und es fordert mich gleichfalls. Alles Dinge, die mir gut tun.

Ich bin froh und dankbar dafür, dass ich diese Ventile gefunden habe, um dort meine Energie sinnvoll einzusetzen. Und was ist Ihr Ventil?

Ein Therapeut packt aus

Autorin Britta Kummer (K) im Gespräch mit ihrem damaligen Physiotherapeuten Herrn E. (E). Dieser gibt interessante Einblicke in seinen Beruf und mit der Zusammenarbeit eines MSlers, die auch für ihn immer wieder aufs Neue interessant war.

Mittlerweile arbeite ich mit einer Physiotherapeutin zusammen, da Herr E. in Rente ist, aber auch sie fordert mich immer wieder aufs Neue.

Herr E. arbeitete damals schon seit über 25 Jahren als Physiotherapeut und hatte dank seiner langen Berufserfahrung auch schon mit vielen MSlern etwas zu tun gehabt. Er sagte selbst darüber, dass es gar nicht so einfach ist, mit einem neurologisch erkrankten Menschen zusammenzuarbeiten, da es immer ein Auf und Ab der körperlichen Belastbarkeit gibt. Jeder Tag ist anders und macht es somit unmöglich, eine Therapie vorher auszuarbeiten, geschweige denn zu planen. Flexibilität ist angesagt. Aber genau das machte es für ihn interessant. Zu improvisieren und genau dann alles rauszuholen, was machbar ist und man seinem Patienten damit genau zur richtigen Zeit helfen kann, den bestmöglichsten Trainingseffekt zu geben.

(K): „Wir arbeiten nun seit fast zwei Jahren zusammen. Für mich ein absoluter Glücksgriff, da für mich Krankengymnastik in der Vergangenheit eher lästiger Ballast und die Motivation gleich Null war. Inzwischen ist das anders. Sie sind ein Therapeut, der seinen Patienten zu nichts zwingt, ihn das machen lässt, wozu er gerade in der Lage ist und wo auch mal gelacht werden darf. Das kenne ich auch anders. Es gibt genug Kollegen von Ihnen, die mit aller Macht Dinge erzwingen wollen, die dann aus meiner Sicht kontraproduktiv sind. Ist wirklich an den Worten „manchmal ist weniger mehr" etwas dran, um das bestmögliche Ergebnis zu erzielen?"

(E): „Ja, aus meiner Sicht schon."

(K): „Ich bin ja nun die Gattung Patient, der immer versucht hundert Prozent oder mehr zu geben und deshalb auch öfter über das Ziel hinausschießt. Was auch nicht immer förderlich für das eigene Wohlbefinden ist, denn es schmeißt einen meist wieder zurück. Aber sicher haben Sie auch genug Patienten, die genau anders sind, nämlich faul, zu nichts zu motivieren. Welche Gattung ist Ihnen lieber? Besser gefragt, wo macht die Zusammenarbeit mehr Spaß? Ist es einfacher den Patienten auszubremsen, als ihn immer voranzutreiben?"

(E): „Mit Patienten, die motiviert sind, macht die Zusammenarbeit mehr Spaß, aber natürlich ist auch das Krankheitsbild davon abhängig."

(K): „In Ihrem Beruf ist Fingerspitzengefühl gefragt. Die Patienten, die Sie bereits gut kennen, können Sie ja gut einschätzen. Sie kennen unsere Macken. Aber wie ist das bei neuen Patienten? Hat man da vorher schon so ein Gefühl oder besser gesagt kann ausmachen, wie die Neuen so ticken? Schließlich sind Sie schon lange im Geschäft. Kann man im Vorfeld wirklich schon einschätzen, ob diese Zusammenarbeit gut oder nicht so gut wird? Sicher ist hier auch wichtig, ob die Chemie am Anfang direkt stimmt, denn das ist, zumindest aus meiner Sicht, das A und O für eine gute Zusammenarbeit."

(E): „Während der weiteren Behandlung stellt man erst fest wie die Neuen so ticken. Im Vorfeld kann man noch nicht einschätzen, wie die Zusammenarbeit sein wird. Und ob die Chemie stimmt, zeigt sich auch erst nach einigen Behandlungen."

(K): „Würden Sie einen Ihrer Patienten zu einem Kollegen schicken, wenn Sie das Gefühl haben, die Zusammenarbeit klappt nicht oder besser gesagt, sie hilft dem Patienten nicht? Schließlich sollte das Wohl des Patienten im Vordergrund stehen oder denkt man da auch etwas egoistisch, weil man an die eigene Existenz denken muss? Letztendlich wissen wir beide, dass es mit den Verordnungen nicht immer so leicht ist und auch ein Therapeut daran denken muss, seine Schäfchen im Trockenen zu haben."

(E): „Ja, ich würde einen Patienten zu einem Kollegen schicken. Denn es hilft dem Patienten nicht, wenn die Zusammenarbeit nicht klappt und ich würde so auch mit meiner Arbeit nicht zufrieden sein."

(K): „Für neue Physiotherapiepraxen sicher nicht einfach, wenn der Kundenstamm noch nicht groß ist. Man bekommt immer wieder mit, dass neue, frische Therapeuten sehr schnell eine eigene Praxis eröffnen, ohne vorher einiges an Berufserfahrungen wie z.B. in Krankenhäusern oder Rehakliniken zu sammeln. Was ist aus Ihrer Sicht besser? Schließlich könnte man in solchen Häusern schon Kontakte mit eventuell späteren Patienten knüpfen. Was würden Sie Neuanfängern raten?"

(E): „Ich finde es sehr sinnvoll, vorher Erfahrungen in freien Praxen oder Krankenhäusern zu sammeln."

(K): „Was macht aus Ihrer Sicht einen guten Therapeuten aus?"

(E): „Einfühlungsvermögen, zuhören können, den Patienten ernst zu nehmen, gutes fachliches Wissen und dem Patienten vermitteln zu können, welches die richtige Behandlungsmethode ist."

(K): „Wollten Sie schon immer mit Menschen zusammenarbeiten, also den direkten Kontakt zum Mensch oder hätten Sie sich auch vorstellen können, in einem Büro zu arbeiten?"

(E): „Ich wollte schon immer mit Menschen arbeiten. Ein Bürojob wäre undenkbar für mich."

(K): „Ich kann mir gut vorstellen, dass einem der eine Patient mehr am Herzen liegt als der andere. Aber was ist, wenn so ein Patient verstirbt? Ist ja nicht an den Haaren herbeigezogen, wenn man mit Menschen, die meist körperlich nicht auf der Höhe oder alt sind, zusammenarbeitet. Wie geht man damit um? Schließlich kann man so etwas nicht alles mit nach Hause nehmen. Man sollte schon lernen, Privat von Beruf zu trennen. Ist da eine lange Berufserfahrung von Vorteil, mit dieser Situation umzugehen. Ich stelle mir das sehr schwierig vor?"

(E): „Durch eine lange Berufserfahrung und die damit verbundene Häufigkeit dieser Situation lernt man damit umzugehen."

(K) „Für uns als Erkrankte ist es nicht immer leicht, regelmäßig Verordnungen vom Arzt zu bekommen. Entweder liegt es am Budget oder daran, dass die Krankenkasse bestimmte Behandlungen nicht übernimmt. So wie zum Beispiel die Hippotherapie. Es ist bekannt, dass bei Patienten mit MS bei einer regelmäßigen Hippotherapie sowohl Spastiken als auch Störungen des Gleichgewichtes und der Gehfähigkeit wesentlich verbessert werden können. Für Sie als Therapeut ist es doch sicherlich auch nicht immer so einfach mit den Krankenkassen und Ärzten?"

(E): „Ich habe die Erfahrung gemacht, dass Ärzte auf jeden Fall gewillt sind, alles Mögliche für ihre Patienten zu tun. Leider sind ihnen aber wegen der Vorgaben der Krankenkassen die Hände gebunden. (Regressforderung bei Überschreitung des Budgets)"

(K): „Aber züchtet man sich mit so etwas nicht eine kranke Gesellschaft? Sicher, es ist ein hoher Kostenpunkt für die Kassen, aber es gibt schließlich auch genug gesunde Menschen, die nicht auf Behandlungen angewiesen sind und somit nicht so große Kosten erzeugen. Ich weiß, es ist ein heikles Thema. Für uns als Betroffene ist unser Gesundheitssystem nicht immer leicht zu verstehen, auch wenn es bestimmt besser ist als in anderen Ländern. Wie denken Sie darüber? Schließlich hat das ja auch etwas mit Ihrem Beruf zu tun, wenn immer weniger verordnet wird. Denn auf die Dauer lässt sich so etwas für uns nicht privat finanzieren."

(E): „Man hat das Gefühl, dass für die Zukunft noch mehr Polykliniken (Polyklinik ist ein Krankenhaus bzw. eine Klinik oder Krankenhausabteilung für ambulante Untersuchung und Behandlung von

Patienten) eröffnet werden, um Kosten zu sparen, da dort schließlich alles vor Ort ist. Für uns als Therapeuten sowie für die ortsansässigen Ärzte wäre das schädigend."

(K): „Wie sieht Ihr Wunschpatient aus?"

(E): „Der Patient sollte kritisch sein, über Informationen und Ratschläge des Therapeuten nachdenken, nicht gleich sagen „das bringt sowieso nichts" und diese gegebenenfalls auch versuchen alleine für sich (sofern das die körperliche Situation erlaubt) fortzuführen. Ganz wichtig ist natürlich, dass der Patient bereit ist mitzuarbeiten, aber auch verstehen muss, auch wenn die gemeinsame Zusammenarbeit gut läuft, der Therapeut keine Wunder vollbringen kann."

(K): „Danke, dass Sie sich meinen Fragen gestellt haben. So können Außenstehende vielleicht erkennen, dass der Beruf Therapeut nicht immer nur etwas mit Hand auflegen und guten Ratschlägen erteilen zu tun hat. Dass es ein wirklich harter Job ist.

Reisen mit MS

Matthias Claudius (deutscher Dichter *15.08.1740 †21.01.1815) sagte: „Wenn jemand eine Reise tut, so kann er was erzählen."

Das stimmt, und wenn man als MSler reist, kann das schnell zu einem Abenteuer werden. Zum normalen Gepäck kommen dann auch noch ein Rollator und ein Rolli hinzu. Natürlich darf das Zusatzmaterial wie Akku und Ladegerät nicht fehlen. Und um das alles erst einmal in einem Auto zu verstauen, bedarf es schon eines logistischen Talents.

Handgepäck wird dann auch noch benötigt, um die vielen Medikamente griffbereit zu haben. In meinem Fall sind das mehrere, sodass an einem Grenzübergang durchaus die Möglichkeit bestünde, als Drogenkurier angesehen zu werden. Zum Glück blieb mir das bisher erspart. Ich will mir gar nicht ausmalen, wie man jemandem erklärt, der möglicherweise meine Sprache nicht spricht, dass es sich um eigene Medikamente handelt, auf die man angewiesen ist, und nicht um Drogen! Hilfreich ist es da auch nicht, dass die Pillen in verschiedenen Farben und Größen vorhanden sind. Zugegeben, für Außenstehende kann dies schon sehr verdächtig aussehen.

Die Flugreise selbst kann durchaus noch abenteuerlicher werden. Ich sah, wie der Kontrolleur an der Gepäckannahme einen dicken Hals bekam. Ein Fluggast mit zwei Gepäckwagen. Man konnte seine Gedanken lesen: „Oje, warum muss ich immer solche Leute überprüfen?" Aber da grinst man einfach. Schließlich ist man höflich. Lag ja nichts Besonderes vor. War nur Gepäck …

Nachdem dann alles aufgegeben war, verspürte man die Erleichterung des guten Herrn und sogar er brachte ein Grinsen hervor. Geht doch! Jedoch setzt sich dann immer bei mir sehr schnell die Frage im Kopf fest, ohne dass ich was dagegen machen kann: „Kommt auch alles wieder zum Vorschein?"

Da die meisten Flughäfen sehr ausgedehnt sind, bieten die Flughafenbetreiber für Behinderte einen Bringdienst per Rollstuhl zum Flugzeug an. Ein toller Service … Man wird dann, ich sage es mal ganz salopp, zur Seite gesetzt um zu warten, bis der Abholdienst kommt. Da sitzt man nun mutterseelenallein und wartet, wartet, wartet … und keiner kommt und die Zeit läuft davon. Der Abflugtermin rückt immer näher. Kleine Schweißperlen sammeln sich dann immer auf meiner Stirn, die Hände werden feucht. Mit Adlersaugen hält man Ausschau und dann … endlich erscheint ein Flughafenangestellter mit einem klapprigen Rolli, ein wahres Schmuckstück und sagt: „Keine Sorge, ist noch alles im grünen Bereich." Bitte Platz nehmen, die Reise kann beginnen!

Im forschen Tempo geht es in Richtung Flugzeug. Der fahrbare Untersatz wackelt hin und her, die Reifen quietschen, in den Kurven hat man das Gefühl, gleich kippt das Gefährt um und man legt sprichwörtlich eine Bruchlandung hin. Hinzu kommen noch die anderen Reisenden, die absolut kein Verständnis für solche haarsträubenden Aktionen haben. Mein Chauffeur war aber ein Meister der Fahrkunst. Es kam niemand zu Schaden. Glück gehabt! Dann sah ich das Flugzeug. Es stand noch auf festem Boden. Mir fiel ein großer Stein vom Herzen …

Die Flugreise ging in die USA. Daher waren wegen meiner Medikamente Vorsorgemaßnahmen zu treffen. Und zwar hatte ich mir von meinem Hausarzt eine schriftliche Bestätigung mit Unterschrift und Stempel ausstellen lassen. Daraus ging eindeutig hervor, dass es sich um Arzneimittel handelt. Somit war ein eventueller Drogenverdacht aus der Welt geschafft. Gut, dass ich keine flüssigen Arzneimittel brauche. Da hatte es ja schon die unwahrscheinlichsten Geschichten gegeben. Ich sage nur: Flüssigsprengstoff … Neeee … so etwas brauchte ich nun wirklich nicht.

Bedingt durch meine Erkrankung gehöre ich leider nicht zu den motorisch schnellsten MSlern. Das bekomme ich dann immer bei den Personenkontrollen zu spüren und verschaffe mir immer Probleme. Wenn es heißt: Bitte Schuhe ausziehen, aus dem Rollstuhl aufstehen und Marsch, Marsch zum Durchleuchten. Also, mehrmals kräftig durchatmen, Kräfte mobilisieren, und mit, wessen Hilfe auch immer, meine Puddingbeine zum Stehen zu bringen. Da ist man wegen der Reise schon mächtig aufgeregt und dann noch eine nicht beabsichtigte Showeinlage darbieten. Was ist, wenn es jetzt piept, schießt mir immer durch den Kopf und meine Schweißperlen und feuchten Hände zeigen wieder, dass auf sie Verlass ist. Aber es kam kein Ton.

Im Unterbewusstsein bekommt man immer mit, dass einige Mitreisende meine Turneinlage belustigend finden. Aber diese Situationen sind mir bekannt und machen mich inzwischen nicht mehr wütend. Ist doch schön, wenn man jemanden mit so einer Darbietung eine Freude bereiten kann. Gelernt ist gelernt.

Endlich saßen wir alle im Flugzeug. Die Türen schlossen sich. Der Flieger rollte zum Start und nun begann das große Abenteuer. Ein unbeschreibliches Gefühl in der Luft. Abgesehen vom Geschnatter der übrigen Gäste war der Flug sehr ruhig. Über den

Wolken der blaue Himmel. Wahnsinn, sowas muss man erlebt haben. Schon im Liedtext „Über den Wolken" von Liedermacher und Sänger Reinhard Mey heißt es u. a.: „Über den Wolken muss die Freiheit wohl grenzenlos sein. Alle Ängste, alle Sorgen, sagt man, blieben darunter verborgen und dann würde, was uns groß und wichtig erscheint, plötzlich nichtig und klein." Genau diese Empfindung hatte ich.

Dann begann die eigentliche Reise. Eine Schifffahrt in die Karibik. So heißt es auch in einem Lied:

„Eine Seefahrt die ist lustig. Eine Seefahrt, die ist schön.
Denn da kann man fremde Länder und noch manches andre sehn."

Wie wahr. Ich liebe das Meer und finde Schiffsfahrten enorm entspannend. Nur mein Gleichgewichtssinn ist da ganz anderer Meinung. Da ich recht wackelig auf meinen Beinen stehe, wird jeder noch so kleine Seegang eine Herausforderung meines Standvermögens. Dabei ist es völlig egal, ob ich mich auf einem kleinen Kutter, oder auf einem Kreuzfahrtschiff befinde. Also schwankte ich über die Schiffsplanken. Das Getuschel der Menschen: „Die hat aber schon am frühen Morgen reichlich getrunken", ignorierte ich einfach. Hinzu kam noch, dass meine Nase von der Sonne verbrannt war. Soll heißen, könnte ja auch eine Schnapsnase sein. Ich ließ die Mitreisenden in ihrem Glauben. Schließlich war Urlaub, den will man genießen, sollen sie doch reden was sie wollen.

Und so war es dann auch. Ein wunderbarer Urlaub, ein tolles Kreuzfahrtschiff, sehr nettes und hilfsbereites Schiffspersonal. Und nicht zu vergessen: Sonne, Sonne, Sonne …

Den Stress und die Komplikationen, die bei dieser Reise für mich als Gehandicapte auftraten, habe ich gerne in Kauf genommen. Denn wahrscheinlich werde ich eine solche Reise nicht wieder machen können.

Bei der Rückreise gab es ähnliche Situationen wie beim Abflug. Aber daran hatte ich ja nun Übung. Routine ist eben alles.

Mit meiner Familie und mit Freunden fand selbstverständlich eine Reisenachbetrachtung statt. Dabei wurde ich bestärkt, dass meine seinerzeitige Reiseentscheidung richtig war. Die gewonnenen Eindrücke sowie die teilweise lustigen Erlebnisse sind bis heute erhalten geblieben. Die vielen Fotos und mitgebrachten Utensilien schaue ich mir öfters an, um die Erinnerungen an die Reise abzurufen.

Besonders die Fotos bringen mich immer wieder zum Lachen und vermitteln mir das Gefühl, die

Reise in diesem Augenblick neu zu erleben. So präsent sind die Erinnerungen immer noch daran …

Halbjährliches Rendezvous – immer und immer wieder

Wer kennt den legendären Kultsketch ‚Dinner for One' (auch unter dem Titel ‚Der 90. Geburtstag' bekannt) nicht? Jahr für Jahr stellt Butler James seiner Miss Sophie zu Silvester die Frage „The same procedure as every year?" (Das gleiche Verfahren wie in jedem Jahr?).

Bei mir heißt es „Das gleiche Verfahren wie jedes ½ Jahr!" Dann ist immer der Zeitpunkt, den MDK (Medizinischer Dienst der Krankenkassen) davon in Kenntnis zu setzen, dass ich immer noch krank bin. Aufgrund meines Pflegegrades erhalte ich Pflegeleistungen. In meinem Fall in Form von Geld.

Wie gesagt, ich kontaktiere den Pflegedienst, der dann zu mir kommt und begutachtet, ob ich noch krank bin und die Pflege gesichert ist. Diese Beurteilung geht dann an die Krankenkasse.

Eine Maßnahme, bei der ich immer mit dem Kopf schütteln muss und die ich auch einfach nicht verstehe. So sehr ich mich auch bemühe. Anscheinend besitze ich dafür nicht die nötige Intelligenz. Nicht, dass ich dumm bin, aber da ist der Kelch ganz klar an mir vorbeigegangen, als das nötige Wissen verteilt wurde.

Die Kassen haben doch schwarz auf weiß vorliegen, woran ich leide. Und jeder weiß: MS ist nicht heilbar. Zumindest im Moment noch nicht. Und ganz sicher ist diese nicht in ½ Jahr wie durch Zauberhand verschwunden. Anscheinend wissen die Ämter da mehr oder glauben an Hexerei. Oder sie haben zu oft den Song von Katja Ebstein gehört: Wunder gibt es immer wieder, heute oder morgen können sie geschehen.

Eine wahrlich schöne Vorstellung. Jeder MSler würde bei der Vorstellung, in einem halben Jahr wieder gesund bzw. so weit mobil zu sein, dass er nicht mehr auf Pflegeleistung angewiesen ist, vor Freude Purzelbäume schlagen oder nackt auf dem Tisch tanzen, sofern es sein Gesundheitszustand zulässt. Leider sieht die Realität anders aus. Da hilft auch kein Wunschdenken. So viel Vorstellungskraft kann niemand aufbringen. Selbst ich nicht, obwohl ich sehr viel Fantasie besitze.

Wer macht solche Gesetze und Bestimmungen? Es gibt mit Sicherheit schwarze Schafe. Das will ich gar nicht abstreiten. Es ist auch völlig in Ordnung, dass geprüft wird, aber bei einer ärztlich bestätigten MS müsste jeder Sachbearbeiter wissen, dass in ½ Jahr nie so eine Verbesserung eintreten wird. Meist wird es, je nachdem was man für einen Verlauf hat, schlimmer.

Eins hätte ich fast noch vergessen. Natürlich kommt die Krankenkasse nicht auf mich zu und erinnert mich daran, dass die nächste Begutachtung veranlasst werden muss. Das wäre doch unnötige Papierverschwendung. Es ist so, dass ich mich selbst um den Termin kümmern muss. Und sollte ich den, aus was für einem Grund auch immer, vergessen, wird die Leistung gestrichen. Da sind die schneller, als es die Polizei erlaubt.

Da kann ich nur sagen, DANKE, dass Kalender, rote Stifte und Textmarker erfunden wurden. Damit kann man alles so schön bunt im Kalender machen, dass dieser dann schon von alleine ruft: „Bitte Termin machen! Bitte Termin machen!" Ich sage zur Sicherheit meinen Eltern noch Bescheid, wann die Deadline ist, die man auf keinen Fall verbummeln darf. Sicher ist sicher und doppelt hält ja bekanntlich besser.

Und so wird es dann bald wieder für mich heißen: „The same procedure as every half year!" Immer und immer wieder.

Das Erlebnis Intrathekale Cortisontherapie

Ich hatte eine gewisse Zeit das Vergnügen, mich regelmäßig einer „intrathekalen Cortisontherapie" zu unterziehen. Es war zu der Zeit, wo ich noch mobiler war und meine Beine auch noch etwas gelaufen sind. Es waren Behandlungen, die nach wie vor eine bleibende Erinnerung hinterlassen haben.

Was ist eine „Intrathekale Cortisontherapie?"
Bei dieser Therapie wird Cortison direkt in den Rückenmarkskanal gespritzt. Hierfür verwendet man ein Depot-Cortison-präparat. Dieses wird an einer Punktionsstelle in Höhe der Lendenwirbelsäule in den Spinalkanal gegeben.

Die Eingabe ist mit einer diagnostischen Lumbalpunktion (Nervenwasserentnahme) vergleichbar. Jedoch wird hier kein Liquor entnommen, sondern nur das Medikament verabreicht. Gewünschtes Ziel dieser Therapie ist, die Spastik zu verbessern.

Natürlich können bei dieser Behandlung, wie bei jeder anderen auch, unerwünschte Nebenwirkungen auftreten. Häufig kommt es zu Übelkeit, Kopfschmerzen und Blutergüssen an der Einstichstelle. Man kann zwar versuchen, der Übelkeit und den Kopfschmerzen vorzubeugen, indem man mindestens eine Stunde liegt und viel trinkt, jedoch hilft das nicht immer. In Einzelfällen kann es auch zu Reizungen und Verletzungen von Nervenwurzeln oder Nervenfasern kommen, wenn die Nadel durch Verknöcherungen des Wirbels ihr gewünschtes Ziel verfehlt. Daher ist es immer gut, so eine Therapie im Krankenhaus zu machen, da dort schnell geholfen werden kann, wenn unerwünschte Reaktionen auftreten.

Diese Therapie wird dann im Normalfall alle drei Monate wiederholt, jedoch kann man, je nach Befinden des Patienten, den Abstand auch verkürzen. Ich versuche immer, es so weit wie möglich hinauszuzögern, so hat man immer noch etwas Spielraum, sollte es doch mit dem Gesundheitszustand schlechter werden.

Meine eigenen Erfahrungen – wenn Ärzte sich ihre Sporen verdienen wollen

Da war nun Tag X. Meine „Intrathekale Cortisontherapie" in einem Krankenhaus, das mir sehr vertraut war.

Vorweg muss ich noch ein paar Worte zu dieser Klinik sagen, da einige Dinge in den folgenden Erlebnissen eine wichtige Rolle spielen. Hier mahlen nämlich in mancher Hinsicht die Mühlen etwas anders. Dieses Haus ist zuständig für die ambulante und stationäre Versorgung. Dort wird Schulmedizin mit anthroposophischer Medizin verbunden. Das Haus wurde 1969 eingeweiht und war das erste anthroposophisch ausgerichtete Krankenhaus in Deutschland. Die Fachabteilungen und Diagnostik sind auf dem neusten Stand. Auch über Ärzte und Personal lässt sich nichts Schlechtes sagen. Sie sind stets bemüht. Ich kann mir natürlich nur ein Urteil über die Neurologie erlauben, aber da passt alles zusammen. Ja, wären da nicht die Zimmer mit einer Ausstattung aus dem Mittelalter. Fließend Wasser gibt es schon, aber man hat den Zug verpasst, zu modernisieren. Die Räume sind sehr klein und eng, man teilt sich die Toilette mit dem Nachbarzimmer. Die meisten Zimmer haben keine eigene Dusche. Drei Zimmer sind Einzelzimmer, zwei davon sogar rollstuhlgerecht. Soll heißen, man kann mit seinem fahrbaren Untersatz ins Bad fahren und sich dort einigermaßen gut bewegen. Diese Zimmer sind natürlich überaus begehrt. Eine auf Rollstühle zugeschnittene Toilette befindet sich eine Etage tiefer in einer Diagnostikabteilung. Diese ist allerdings top. Die restliche Station ist überhaupt nicht auf Rollis eingestellt und das, wo es gerade in der Neurologie so viele Patienten gibt, die auf ein solches Hilfsmittel angewiesen sind. Hier ist die Zeit dann doch irgendwie stehen geblieben. Bestimmt fragen Sie sich jetzt, warum ich das Krankenhaus nicht wechsle. Das ist eine gute Frage. Hier weiß ich, was ich habe, bin mit allem vertraut, auch wenn ich mich jedes Mal, wenn ich wieder zu Hause bin, über diese Zustände ärgere. Bei mir zählt dann aber doch mehr die Versorgung durch Personal und Ärzte. Und gerade das Personal macht durch seinen Einsatz vieles wett.

So, nun wollen wir aber zum Hauptthema Intrathekale Cortisontherapie kommen.

In dieser Klinik läuft es folgendermaßen: Am Anreisetag werden Blutwerte ermittelt und Gespräche geführt. Tag zwei ist dann die Behandlung und am dritten Tag darf man, wenn alles normal verläuft, wieder die Heimreise antreten. Aber was ist schon normal. Vor allem dann, wenn man einen jungen Arzt vor die Nase gesetzt bekommt, der sich seine Sporen verdienen muss/will und einen enormen Ehrgeiz besitzt. Sicher, auch solche Leute müssen ihre Erfahrungen machen, aber nicht auf Kosten des Patienten.

Nachdem ich Tag eins hinter mich gebracht hatte, und viel des Klinikgeländes, welches wirklich sehr groß ist, unter die Lupe genommen hatte (besonders die Orte angeschaut hatte, wo auch ich mit Rollstuhl meinen natürlichen Bedürfnissen, die nun mal jeder Mensch hat, nachkommen konnte), saß ich auf meinem Bett und wartete auf die Dinge, die da kämen.

Der Arzt betrat mit einer Kollegin und einem freudigen

„Dann wollen wir mal" das Zimmer. Bei mir hielt sich jedoch die Freude in Grenzen. Irgendwie hatte ich ein komisches Gefühl im Bauch, das mir sagte, das wird kein Zuckerschlecken. Und ich sollte recht behalten.

Da ich die Vorgehensweise schon kannte, musste nicht mehr viel erklärt werden. Ich machte meinen Oberkörper frei, machte den Rücken rund und versuchte so locker zu sein, wie es eben ging. Gar nicht so einfach, wenn man weiß, dass gleich jemand mit einer Nadel am Rücken spielt, und man selbst nichts sehen kann.

Nun wurde die Wirbelsäule abgetastet, um den entsprechenden Punkt zu finden, wo die Nadel versenkt werden sollte. Wenn sicher war, wo gestochen werden sollte, wurde dort mit einer anderen Nadel eine Betäubung gesetzt. Da diese aber nicht anschlug, wurde gleich Nummer zwei hinterhergeschoben.

Der Arzt erklärte mir nun alles, was er machte. Aber das bekam ich nur noch am Rande mit. War ich doch so damit beschäftigt, locker zu lassen und abzuspannen. Und nun ging es los. Nach der zweiten Betäubung spürte ich so gut wie nichts mehr, als die Punktionsnadel in die Haut ging. Ein sehr leichtes Brennen war zu vernehmen, aber nicht besorgniserregend. Vom Arzt kam: „Leider einen Knochen getroffen. Liebe Frau Kummer, halb so wild, ich steche einfach etwas tiefer."

Gesagt getan. Also Nadel wieder raus, neue rein, aber auch hier fand der gute Mann nicht den richtigen Zugang. Und dann kam Nummer vier. Allerdings ließ die Betäubung so langsam wieder nach. Und hier traf er etwas, jedoch war es nicht der Wirbelkanal, sondern Nervenfasern. Mein rechtes Bein schoss in die Höhe. Ich hätte nie gedacht, dass es zu so etwas fähig ist. Sind meine Beine doch eher so, dass sie über einen Strohhalm stolpern, weil sie sich nicht heben lassen, wie ich es will.

Die Prozedur ging weiter. Nadel Nummer fünf verfehlte ebenfalls das Ziel und traf wieder eine Nervenfaser. Ein stechender Schmerz durchfuhr meinen Körper, das Bein schoss erneut in die Höhe, jedoch ging der Schmerz nicht mehr weg. Ich bin wirklich hart im Nehmen und nicht schmerzempfindlich, aber das war zu viel. Da fragt man sich wirklich, ob man etwas verbrochen hat und dies die Retourkutsche dafür war. Ich konnte meine Tränen nicht zurückhalten. Dies bekam die Assistentin mit und versuchte mich zu beruhigen, aber je mehr sie sprach, umso schlimmer wurde alles.

Man kam zu dem Entschluss, besser die Oberärztin zu rufen. Man erhoffte sich, dass sie erfolgreicher wäre. Hatte sie doch so etwas schon viel öfter gemacht. Jedoch kam die gute Frau erst nach 20 Minuten. Somit war die Betäubung weg. Also kam Nadel Nummer sechs zum Einsatz. Die gewünschte Wirkung setzte ein. Jedoch brauchte die Oberärztin auch zwei Versuche. Aber dann klappte alles.

Nun hatte ich es endlich geschafft. Das Cortison war da, wo es sein sollte. Jedoch war ich nur noch ein nervliches Wrack und es dauerte eine gewisse Zeit, bis ich wieder zu mir fand.

Im Nachhinein erfuhr ich, dass ich die Behandlung nach zwei missglückten Versuchen hätte abbrechen und darauf bestehen können, dass direkt die Chefin kommt. Was wäre mir doch alles erspart geblieben?!

Aber das sollte noch lange nicht das Ende vom Lied sein. Ich verhielt mich vorbildlich. Ich lag flach im Bett und trank sehr viel. Jedes Mal, wenn ich zur Decke schaute, hatte ich ein Flimmern vor den Augen. Das konnte doch nicht normal sein. Langsam nahm der Druck in meinem Kopf zu. Bitte jetzt nicht noch diese Kopfschmerzen, die auftreten können. Aber sie kamen. Ich hatte das Gefühl, mein Schädel zerplatzte. Mir blieb nichts anderes übrig, als nach der Schwester zu klingeln. Diese war schnell da und brachte mir ein Mittel. Jedoch war dieses so schwach, dass überhaupt keine Besserung eintrat.

Also bimmelte ich erneut mit der Bitte, etwas Stärkeres zu bekommen. Da im Krankenhaus Krankenschwestern aber nur bestimmte Mittel selbst verabreichen dürfen und bei solchen starken Präparaten der Arzt hinzugezogen werden muss, wurde dieser gerufen. Aber da es schon zu fortgeschrittener Zeit war, waren natürlich die Ärzte nicht mehr alle da, nur die übliche Spätbesetzung. Nach einer geschlagenen Stunde bekam ich dann endlich mein Mittel. Es wirkte sehr rasch und wie berauscht schlief ich endlich ein.

Als ich in der Nacht wach wurde, waren die Kopfschmerzen weg. Ich verspürte einen starken Druck in der Blase. Kein Wunder, irgendwann musste das auch mal raus, was alles hineingekommen war. Ich rappelte mich immer noch etwas benommen hoch. Aber was war das? Mein rechtes Bein war wie gelähmt. Ich drehte mich zur Seite, wollte den Fuß zu Boden lassen, aber das Bein war stocksteif. So muss es sich anfühlen, wenn man ein Holzbein hat. Ich weiß nicht wie, aber ich saß dann irgendwann in meinem Rollstuhl. Aber ich war nicht fähig, eine Station tiefer zu fahren, um dort die Rollstuhltoilette zu benutzen. So durcheinander wie ich war, wäre ich überall angekommen, aber nicht da. So musste ich mein Glück mit der Toilette auf dem Zimmer versuchen. So nah, wie es nur ging, parkte ich meinen Rolli vor dem Toiletteneingang.

Davor befand sich noch eine kleine Nische mit Waschbecken. Wie schon erwähnt, keine passenden Räumlichkeiten für jemanden mit gewissen Einschränkungen. Dies bekamen auch die Türrahmen zu spüren, denn zweimal eckte ich dort gewaltig an. Was soll es, ich hatte gerade andere Sorgen als einen beschädigten Türrahmen. Aber Not macht bekanntlich erfinderisch. Wie genau ich es geschafft habe, weiß ich auch nicht mehr, da ich nicht Herr meines Körpers war. Irgendwie konnte ich mich dann aber mit einem Griff an der Wand zur Toilette hangeln und meine Notdurft verrichten. Und das zu Fuß. Einige Schritte kann ich ja laufen. Nicht frei, aber wenn ich mich irgendwo festhalten kann oder einen Rollator habe, geht das schon. Zwar mehr schlecht als recht, aber es geht. Auch in diesem Fall.

Wieder auf meinem Bett sitzend fehlt mir jede Kraft, mich dort hineinzuschwingen. Förderlich dabei war auch mein Holzbein nicht. Da kam mein rettender Engel. Meine liebe Bettnachbarin, auch eine MSlerin, aber bedeutend mobiler als ich. Sie hatte Erbarmen und half mir. War das ein Kraftakt und den wiederholten wir dann in dieser Nacht noch dreimal. Sie hätte mir auch bei dem Toilettengang geholfen, das stand völlig außer Frage. Ich hätte nur ein Wort sagen müssen, aber da war ich dann doch zu stolz.

Ich hatte so eine Angst, dass all dieser psychische und körperliche Stress einen Schub bei mir ausgelöst hätte. So etwas kann ohne Weiteres bei MS passieren. Mein Körper war mir fremd. Gehörte nicht zu mir. Mir war auch klar, sollte es wirklich ein Schub gewesen sein, würde ich mich davon nicht mehr erholen. Viel zu groß sind bei mir bereits die Einschränkungen durch die MS. Sollte ich nun komplett auf den Rollstuhl angewiesen sein? Ein grausamer Gedanke.

Auch wenn ich nicht wirklich mobil bin, eine Schnecke ist dagegen ein Rennwagen, versuche ich nach wie vor einzelne Schritte in der Wohnung mit einem Rollator zu machen. Und das mache ich, solange es machbar ist. Hatte dieser Kurpfuscher dem nun ein Ende bereitet? Angst machte sich breit. Da ich aber so schlapp war, schlief ich über diesen Gedanken irgendwann ein.

Am nächsten Morgen konnte ich mein Bein wieder bewegen. Ich hatte zwar nach wie vor Schmerzen, aber das Steife war weg. Es ließ sich wieder ganz normal anwinkeln. Fiel mir ein Stein vom Herzen!

Die Morgentoilette beschloss ich direkt eine Etage tiefer zu machen. Hatte ich doch nun wirklich keine Lust auf einen neuen Balanceakt. Und natürlich wollte ich auch ein Einsehen mit dem Türrahmen haben. Also machte ich mich mit Handtuch und Kulturbeutel unter dem Arm auf den Weg. Im

Wartezimmer saßen bereits Leute, die auf ihre Behandlung warteten. Die schauten mich vielleicht mit großen Augen an. Verstehen konnte ich sie aber. Normal ist es nun wirklich nicht. Womit wir wieder bei dem Thema wären, was ist überhaupt normal.

Eine Stunde nach dem Frühstück kam mein Arzt und fragte nach meinem Befinden. Ich erzählte ihm alles, von meinen Ängsten, Schmerzen und der Vermutung eines Schubes. Er schaute mich nur an und sagte dann grinsend: „Ist doch alles wieder gut. Jetzt stellen Sie sich mal nicht so an." Er kann froh sein, dass ich nichts zum Schmeißen hatte. Und auch nichts, womit ich ihn hätte umbringen können. Dies muss er bemerkt haben, denn schnell machte er kehrt und verließ das Zimmer. Gute Entscheidung. Ich bin wirklich ein friedlicher Mensch und verabscheue jede Art von Gewalt, aber in diesem Fall hätte ich da eine Ausnahme gemacht. Auch bei jemandem wie mir ist mal der Punkt erreicht, dass er aus der Haut fährt.

Meinen Entlassungsbericht übergab mir eine Schwester und entschuldigte Herrn Doktor, dass er es nicht persönlich geschafft hatte, mich zu verabschieden. Kam doch unverhofft etwas dazwischen. Von wegen unverhofft, der konnte mir einfach nur nicht mehr in die Augen schauen. Eine weise Entscheidung seinerseits.

Ich ließ es mir jedoch nicht nehmen, vor Abreise noch den schönen gelben Beschwerdezettel des Krankenhauses auszufüllen. Normalerweise bin ich nicht der Typ für so etwas, aber was zu viel ist, ist zu viel. Ob sich etwas ändert, oder dieser Zettel überhaupt da ankommt, wo er hingehört, steht auf einem anderen Blatt. Aber für mein Ego war es gut, mir dort Luft zu machen. Und das tat ich auch in Form von zwei beschriebenen Blatt Papier. Da sag ich nur: „Viel Spaß beim Lesen."

Zu Hause habe ich mich noch fast drei Wochen mit Schmerzen im rechten Bein herumgeschlagen. Eine Erfahrung, auf die ich hätte gut verzichten können. In drei Monaten sollte die nächste Therapie sein. Ich musste erst mal in mich gehen. Sollte ich dieses Risiko nochmals eingehen?

Nach einem intensiven Gespräch mit meiner Ärztin (Oberärztin mit nur zwei Versuchen auf dem Konto), kam ich zu dem Entschluss, es noch einmal zu riskieren. Setzte doch irgendwann die gewünschte Wirkung ein. Die Spastik wurde erheblich besser und die Krämpfe, die ich tagsüber teilweise hatte und nachts sehr verstärkt, waren wie weggeblasen. Ein schönes Gefühl, schmerzfrei zu Bett zu gehen und auch wieder aufzustehen. So hatte dieses ganze Dilemma doch noch etwas Gutes. Eins jedoch war klar: Dieser Herr kommt nicht mehr an meinen Körper.

Intrathekale Cortisontherapie – die Zweite

Mit gemischten Gefühlen fuhr ich drei Monate später zur nächsten Behandlung.

Was erwartete mich? War der/die neue behandelnde Arzt/Ärztin auch so ein Stümper wie der Vorgänger? Ging der Horrortrip wieder von vorne los? Oder wusste diese Person diesmal, was sie tat? Fragen, die mir den Kopf zermarterten. Ich lernte am Anreisetag den Arzt kennen, der wieder an meinem Rücken spielen wollte. Er war auch nicht unsympathisch, aber das bedeutete nicht, dass er wusste, was er tat. Aber die Antwort darauf sollte ich erst an Tag zwei bekommen, denn da hatten wir dann unsere Verabredung. Tag eins war wieder nur ein kleines Beschnuppern.

Jedoch ließ ich es mir nicht nehmen, meinem neuen Doktor in allen Einzelheiten meine Erfahrungen mit seinem Vorgänger zu schildern. Ob das eine gute Idee war, keine Ahnung. Aber eine kleine aber entscheidende Kenntnis hatte ich ja mitgenommen. Nach zwei Fehlversuchen darf ich abbrechen und das ließ mein Kopfkino etwas abklingen.

Meine Unterbringung war diesmal in einem anderen Zimmer. Es war wirklich groß und geräumig, war es doch für drei Betten ausgelegt. Das leidige Thema war wieder die Sanitärabteilung. Aber da ich ja inzwischen kampferprobt war, brachte mich das nicht aus der Fassung.

Tag der Entscheidung. Wieder saß ich mit freiem Oberkörper auf meinem Bett, machte einen Katzenbuckel und wartete auf das, was kommt. Meine Gedanken ließen sich nicht ausschalten. Immer wieder dachte ich an die vergangene Behandlung. Da war es mit dem Lockerlassen weit her.

Als der Doktor mit dem Abtasten der Wirbelsäule anfing, zuckte ich automatisch zusammen, obwohl es dafür noch überhaupt keinen Grund gab. Er ignorierte dies einfach und machte weiter. „So, liebe Frau Kummer, jetzt gibt es einen kleinen Pieks für die Betäubung."

Okay, dachte ich, jetzt Zähne zusammenbeißen, aber irgendwie verspürte ich so gut wie nichts. Höflich wie ich bin, fragte ich: „Gibt es Probleme? Ich habe kaum etwas gespürt." Da der Arzt hinter mir stand, konnte ich natürlich nicht in sein Gesicht schauen. Aber diese seltsame Tonlage in seiner Stimme, als er antwortete: „Alles gut", machte mich stutzig. War die Betäubungsnadel bereits drin? Ja, sie war. Ich konnte es kaum glauben. Hatte ich diesmal einen Hauptgewinn mit meinem Arzt gezogen?

Er kniff mich leicht in den Rücken. „Spüren Sie das?", fragte er. Ich schüttelte den Kopf. Da war wirklich nichts zu spüren.

„So, das war die Pflicht. Jetzt kommt die Kür. Sind Sie bereit?"

Ich nickte zaghaft, bekam aber keinen Ton heraus. War meine Anspannung doch viel zu groß. Ich schloss die Augen und schickte ein Stoßgebet zum Himmel. Und es wurde erhört.

Die Nadel für die Punktion saß sofort da, wo sie hingehörte. Kein Knochen, weder Nervenbahn noch Gewebe wurde angekratzt. Nach kurzer Zeit vernahm ich die Worte: „So, jetzt bitte kurz die Luft anhalten, ich ziehe die Nadel wieder raus." Und schon war alles vorbei.

Und dann fiel die ganze Anspannung von mir ab. Wieder kullerten Tränen. Diesmal aber nicht vor Schmerzen, sondern vor Erleichterung und Freude. Ich weiß nicht, wie oft ich mich bei dem Arzt bedankt habe, aber mir war das so etwas von egal, ob ich ihn nervte. Ich war einfach nur glücklich, alles so gut überstanden zu haben. Da darf man auch ruhig mal etwas überdrehen.

Wieder lag ich nach der Behandlung wie vorgeschrieben flach auf dem Rücken und trank viel. Aber alles war gut. Keine Kreislaufstörungen, nirgendwo Schmerzen, alles wie immer. Da verspürte ich den Druck in meiner Blase. Vorsichtig rappelte ich mich hoch. Machten meine Beine diesmal, was ich wollte? Und ja, sie taten es. Ruckzuck saß ich in meinem Rolli und versuchte erst gar nicht, die Räumlichkeit auf dem Zimmer aufzusuchen.

Flott setzte ich meinen fahrbaren Untersatz in Bewegung, huschte eine Etage tiefer und genauso schnell war ich vom Toilettengang zurück und lag wieder im Bett. Dies wurde dann auch noch mehrmals in der Nacht wiederholt, da Cortison recht harntreibend ist. Mir taten meine Zimmernachbarinnen etwas leid, da sie ja immer gestört wurden, wenn ich raus musste. Und das geht auch nicht so leise, wie man es gerne möchte, aber sie nahmen das alles hin, als wäre es selbstverständlich. So können auch nur Menschen denken, die selbst wissen, was es heißt, körperlich eingeschränkt zu sein.

Am Tag der Abreise kam während des Frühstücks eine Krankenschwester herein und gab mir einen Tipp, einen wirklich tollen Rat, wovon ich überhaupt nicht wusste, dass dies möglich war. Sie legte mir ans Herz, ich solle bei der nächsten Terminvereinbarung, sofern ich die Behandlung weiter mache, darauf hinweisen, dass ich unbedingt in eins der roll- stuhlgerechten Einzelzimmer möchte. Sie hätte bereits mit der Oberärztin gesprochen und die meinte auch, dass es eine Zumutung wäre, dass ich nachts mehrfach durchs Haus fahre, um meine Notdurft zu verrichten. Sie konnte zwar nicht versprechen, ob es 100%-ig klappen würde, aber man wollte sich bemühen.

Wie auch bei der Behandlung vor drei Monaten ließ sich mein Arzt nach dem Frühstück blicken und erkundigte sich nach meinem Wohlbefinden. Ich habe nicht viel gesagt, aber mein Gesichtsausdruck muss Bände gesprochen haben.

Er drückte mir meine Entlassungspapiere in die Hand und fragte: „Und wie haben Sie sich entschieden? Gibt es in drei Monaten die nächste Behandlung?"

Ich schaute ihn an und antwortete: „Aber nur, wenn auch Sie dann noch hier sind." Er nickte zustimmend und so gab es für mich nichts zu überlegen. Therapie drei konnte kommen. Ich machte sogar direkt noch vor Ort den Termin und vergaß auch nicht, meinen Zimmerwunsch zu äußern.

Als das erledigt war, verspürte ich, bevor ich abgeholt wurde, den Drang, noch etwas an die frische Luft zu gehen. Aber sollte ich das wirklich riskieren? Ich fühlte mich super, aber war das auch so? Nicht, dass es doch zu viel würde und noch unliebsame Nebenwirkungen eintraten. So etwas tritt zwar meist nicht mehr am nächsten Tag ein, aber bei mir weiß man nie, ob mein komischer Körper mir nicht doch noch einen Streich spielen möchte. Der ist nämlich wie eine Wundertüte. Sollte dies so sein, musste ich das auf die eigene Kappe nehmen. Aber ich musste einfach raus. Ich hatte ein Gefühl, als fiele mir die Decke auf den Kopf. Ich fühlte mich, als hätte ich Bäume ausreißen können. Also sattelte ich meinen fahrbaren Untersatz, da ich erst in zwei Stunden abgeholt wurde, und ab nach draußen. Tat das gut. Es war zwar kalt, aber ich sog die frische Luft richtig tief ein. Nun war wirklich die ganze Anspannung verflogen. Alles war gut – richtig gut.

Alle guten Dinge sind drei – oder doch nicht?

Völlig unbekümmert ließ ich mich nach drei Monaten zur nächsten Therapie ins Krankenhaus kutschieren. Wieso auch Sorgen machen? Wusste ich doch, dass mein Doktor noch da war. Was sollte da schon schief gehen? Na ja, und wenn es mit dem Zimmer nicht klappen würde, machte das auch nicht so viel. Ich hatte ja schon genug Erfahrung gesammelt, wie man das umgehen kann.

Um 13 Uhr sollte ich mich auf der Station melden. Da ich aber zu den Menschen gehöre, die immer früher da sind, meldete ich mich gut gelaunt im Schwesternzimmer. Dort wurde ich auch gleich freundlich empfangen, gehörte ich doch inzwischen schon zum Inventar und man war sich vertraut. Und man glaubte es kaum, mit dem Zimmer hatte es auch geklappt, jedoch mit einem großen ABER.

Ich wurde hellhörig. „Was heißt hier ABER?", wollte ich wissen.

„Na ja, das heißt, dass das Zimmer noch nicht frei ist. Sie müssen sich noch etwas auf dem Flur oder im Besucherzimmer aufhalten, bis der Patient abgeholt wird", bekam ich zur Antwort. „Aber freuen Sie sich, es ist das gewünschte rollstuhlgerechte

Einzelzimmer. Ist das nicht toll?", wollte sie von mir wissen.

Und wie toll das war. Und etwas warten, das macht doch nichts aus, schoss es mir in den Kopf. Nur dumm von mir, dass ich nicht hinterfragt habe, was es heißt, der Patient wird bald abgeholt. Der Begriff bald lässt sich sehr dehnen. Und in meinem Fall war es so.

Ich parkte meinen Rollstuhl am Ende des Flures. Da war eine kleine Sitzecke und man hatte alles im Blick. Wogegen das Besucherzimmer doch recht klein war. So war das schon okay und mein Gepäck sicher im Schwesternzimmer untergebracht. Der einzige Haken war, ich sollte die Station nicht verlassen, da der Arzt ja noch mit mir sprechen wollte. Gut, das war natürlich verständlich, außerdem freute ich mich darauf, ihn wiederzusehen. War ich doch so fest davon überzeugt, dass die Behandlung wieder er machen würde. Nur einmal verabschiedete ich mich mit den Worten: „Bin gleich wieder da. Muss nur mal eben eine Station tiefer." Es gibt eben natürliche Dinge, die wollen raus, und in Windeseile war ich wieder vor Ort.

Irgendwie wollte die Zeit nicht vergehen. Meinen Arzt hatte ich auch noch nicht entdeckt. Und als ich auf meine Uhr schaute, stellte ich fest, dass ich schon drei geschlagene Stunden dort in meinem Eckchen saß. Als ich höflich nachfragte, wie lange es dauern würde, bekam ich nur ein flüchtiges „nicht mehr lange" zur Antwort. Was auch immer das hieß.

Wieder an meinem Aussichtspunkt stand auf einmal eine junge Frau vor mir. Ich hatte sie irgendwie gar nicht bemerkt, obwohl sie doch so zielstrebig auf mich zukam. Sie stellte sich als meine behandelnde Ärztin vor und dass wir zwei dann morgen das Vergnügen hätten. Sie erwähnte auch, dass sie die Punktion am nächsten Tag nicht so früh machen könnte wie sonst, da viele Kollegen krank und sie deshalb unterbesetzt seien. Sie würden deshalb auch erst morgen Blut abnehmen. Ich sollte einfach im Zimmer warten, bis sie käme.

Das fing ja schon mal gut an.

Was für ein schönes Wort: ‚WARTEN'. Das hatte ich heute doch schon so oft gehört.

Dann fiel ich aus allen Wolken und verarbeitete erst, was ich gerade gehört hatte.

„Sie? Ja, aber wo ist denn der Doktor … Der wollte das doch machen."

Sie sah meine Besorgnis. „Der macht zurzeit nur Nachtdienst, aber keine Angst, wir schaffen das schon", versuchte sie mich zu beruhigen. „Nur keine Sorge."

Nur keine Sorge. Sie hatte gut reden. Und sofort fing mein Kopf wieder an zu arbeiten. Ich stellte mir bildlich vor, wie es am nächsten Tag ablaufen würde. Ich sah mich sogar während der Behandlung auf dem Flur sitzen. Und meine bis dahin noch positive Einstellung verpuffte und löste sich in Wohlgefallen auf. Förderlich war auch nicht, dass ich immer noch nicht in meinem Zimmer war.

Ich musste an die frische Luft. Mir war es völlig egal, dass ich auf der Station bleiben sollte. Draußen angekommen atmete ich erst einmal tief durch. Es war bitterkalt und nieselte etwas, aber das war mir egal. Völlig durcheinander rief ich meine Eltern an und erzählte von meiner misslichen Lage. Mein Vater riet mir, der Station noch eine Stunde Gnadenfrist zu geben. Sollte die abgelaufen sein, bräuchte ich mich nur zu melden und er würde mich sofort abholen. Egal was das Krankenhaus davon hielt oder nicht.

Das war jetzt nicht unbedingt das, was ich hören wollte, aber was machte eine Stunde mehr oder weniger noch aus.

Wieder auf Station bemühten sich die Schwestern wirklich sehr, mich bei Laune zu halten. Sie traf ja nun keinerlei Schuld daran. Die Schuldige war einzig und allein die Organisation des Krankenhauses. Sicher, es kann sich immer etwas verzögern, Notfälle und so, man wusste ja, wo man war und sich aufhielt, aber vier Stunden fand ich da dann doch schon etwas unverschämt.

Dann kam eine Schwester auf mich zu. Ich war irgendwie ganz woanders und bemerkte sie kaum. Freudig teilte sie mir mit, dass jetzt das Abendbrot käme und der Herr in 15 Minuten abgeholt würde. Dann würde das Zimmer schnell gereinigt, ein neues Bett reingeschoben und ich könnte einziehen. Demonstrativ nahm ich mein Abendbrot auf dem Flur ein. Ich hätte auch ins Besucherzimmer gehen können, aber das sah ich nicht ein. Sollten ruhig alle sehen, was hier ablief. Den Schwestern war es nicht recht, das sah man ihnen an. Es war ja nun auch wirklich kein schönes Bild, dass ein Patient auf dem Flur essen musste, aber Strafe sollte sein.

Zu meinem großen Glück hatte dann aber alles ein Ende. Der Patient wurde abgeholt, ich durfte meine mir inzwischen so vertraute Ecke im Flur verlassen und zog in mein Zimmer. Und das hatte wirklich all das, was mir versprochen wurde. Immerhin etwas.

Abends im Bett ließ ich das Erlebte wieder einmal Revue passieren. War das jetzt ein gutes Omen oder nicht? Wieder spann ich mir die tollsten Sachen im Kopf zusammen. So etwas kann ich wirklich gut. Mich verrückt machen, obwohl ich noch gar nicht weiß, was auf mich zukommt, aber man kann eben nicht aus seiner Haut und ist, wie man ist.

Also musste ich notgedrungen abwarten, was der morgige Tag bringen würde.

Tag zwei war da. Noch vor dem Frühstück wurde mir Blut abgezapft. Das lief ja schon mal nach Plan. Und nun hieß es warten und sich in Geduld üben. Eine Eigenschaft, die nicht zu meinen Stärken gehört, aber da musste ich jetzt durch. Umso erfreulicher war es, als die Ärztin schon eine Stunde nach dem Frühstück erschien und mir mitteilte, dass wir direkt anfangen konnten.

Da ich genau wusste, was meine Aufgabe war und was auf mich zukam, versuchte ich so locker wie möglich zu lassen und wunderte mich selbst über mich – es ging. Und noch bevor ich mir weitere Gedanken machen konnte, saß die Betäubung und die Wirkung trat ein. Und dann ging alles wie von selbst. Die erste Nadel traf genau ihr Ziel. Diesmal wurde auch ausnahmsweise etwas Liquor (Rückenmarkflüssigkeit) entnommen, aber nur eine sehr kleine Menge. Diese Flüssigkeit kann Hinweise auf entzündliche Prozesse im Körper geben, die vielleicht bis dahin übersehen wurden. Ist doch kein Problem, man gibt ja gerne für die eigene Gesundheit.

Und dann war auch schon alles überstanden. Völlig reibungslos. Hatte ich der Ärztin vielleicht doch unrecht getan? Wäre es vielleicht besser gewesen, ihr nicht so direkt zu zeigen, was ich davon hielt, dass sie die Therapie machte und sie nicht mein Wunschkandidat war? Hätte, wenn und aber ... ich konnte es nicht mehr ändern. Für mich zählte nur noch, dass alles so geklappt hatte, wie es sollte.

Als alter Hase verhielt ich mich natürlich wieder vorbildlich. Liegen und viel trinken. Der Weg zur Toilette war auch nicht weit. Was will man mehr? Allerdings war ich diesmal so müde, dass ich fast den ganzen Tag schlief.

Als das Abendbrot kam, bemerkte die Schwester nur beiläufig: „Ach, auch mal wach? Sie haben jedes Mal wie ein Murmeltier geschlafen, als ich im Zimmer war."

Meine Antwort kam blitzschnell: „Wer weiß, was man mir da verabreicht hat. Schauen Sie doch einmal nach, ob es wirklich Cortison war. Hier weiß man ja nie so", sagte ich lachend. Sie stimmte in mein Lachen ein und bestätigte mir, dass ich genau das bekommen hatte, was ich kriegen sollte. Alles sei gut. Ich bräuchte mir keine Sorgen machen.

Nachts stellte sich dann heraus, dass die Schwester nicht geflunkert hatte. Die mir inzwischen sehr gut vertrauten Körperreaktionen, die Cortison mit sich bringt, traten ein. Alle zwei Stunden bestand meine Blase darauf, entleert zu werden, und auch die Hitzewallungen kamen. Und die hatten in diesem Fall nichts damit zu tun, dass ich eventuell schon in die Wechseljahre komme. Nein, das war einzig und allein der Verdienst des Cortisons.

Gut gelaunt machte ich bereits am frühen Morgen eine Runde über den Flur. Jetzt konnte doch nichts mehr passieren, oder vielleicht doch?

Es war so vereinbart, dass ich um 13 Uhr abgeholt wurde. Mein Vater hatte vormittags noch Termine zu erledigen und so passte das gut. Ja, wären da nicht diese Dinge, mit denen man nicht rechnet.

Noch vor dem Frühstück stand eine Schwester in meinem Zimmer und anhand ihrer Miene erkannte ich sofort, dass etwa im Busch war.

„Ja, meine liebe Frau Kummer, ich weiß gar nicht, wie ich es sagen soll", stammelte sie. „Wir brauchen sofort ihr Zimmer für einen Quarantänepatienten."

Hatte ich was an den Ohren? Teilte man mir soeben mit, dass ich rausgeschmissen wurde? Was hatte ich eigentlich verbrochen? Erst musste ich stundenlang warten, jetzt wurde ich vor die Tür gesetzt. Verkehrte Welt.

Mit einem dicken Hals packte ich meine sieben Sachen und verzog mich in meine Ecke auf dem Flur. Waren wir doch inzwischen schon per DU. Der Appetit auf Frühstück war mir gänzlich vergangen. Erbost rief ich zu Hause an.

Mein Vater konnte seine Termine verschieben und meine Eltern waren in einer guten halben Stunde da, um mich abzuholen. Diese Zeit nutzte ich, einen neuen Termin in drei Monaten zu machen. Ja, Sie lesen richtig, ein neuer Termin. Dann passte ich die Ärztin noch kurz ab. Hatte ich es doch völlig versäumt, mich am Vortag bei ihr zu bedanken. Sogar mein bis dahin Lieblingsdoktor lief mir kurz über den Weg. Ich teilte ihm mit, dass er Konkurrenz bekommen hätte. Dies nahm er mit einem Lächeln hin, sagte aber nichts weiter dazu. Und dann war auch mein Abholservice schon da. Als ich mich von dem Personal verabschiedete, konnte ich mir nicht verkneifen zu fragen, ob es beim nächsten Mal nicht besser wäre, mein Bett direkt hinten in die Ecke auf den Flur zu stellen. Dies würde vieles erleichtern. Ich würde kein Zimmer blockieren und ich kannte die Sanitäranlage eine Etage tiefer wie meine Westentasche. Allerdings fanden die Damen das nicht so lustig wie ich.

Diesmal durfte auch wieder der gelbe Meckerzettel des Krankenhauses herhalten. Gut, dass Papier geduldig ist.
Da ich diese Behandlung, solange sie weiterhin so eine positive Wirkung auf meine MS hat, noch eine gewisse Zeit über mich ergehen lassen werde, bin ich mal gespannt, was da noch alles auf mich

zukommt. Gewiss ist aber, langweilig wird es bestimmt nicht.

Inzwischen bringt mir diese Behandlungsmethode nichts mehr, deshalb erspare ich mir das, aber zu damaligen Zeit hat es noch geholfen.

Wenn einer eine Reise tut

Diesmal ging es mit einer sehr guten Freundin nach England. Wir wollten dort liebe Bekannte treffen. Somit konnten wir zwei Fliegen mit einer Klappe schlagen. Wir sahen nach langer Zeit wieder einmal lieb gewonnene Menschen und konnten die Engländer etwas unter die Lupe nehmen.

Kennengelernt hatte man sich in Deutschland, weil ein Familienmitglied hier im örtlichen Altersheim lebt. Der Mann hatte damals aus beruflichen wie auch privaten Gründen die Heimat verlassen. Nach einem schweren Unfall landete er dann in dieser Einrichtung. Hier stehen auf einem Grundstück drei Häuser. Zwei davon sind ein Seniorenheim, eins davon hat behinderten- und altersgerechte Wohnungen, wo ich mein eigenes kleines Domizil bewohne. Meine Freundin arbeitet in diesem Altenheim, sogar auf der Station, wo unser Auswanderer untergebracht war. So war es nur eine Frage der Zeit, bis man einander kennenlernte, da ich relativ oft auch in den anderen Häusern unterwegs bin, um Besuche zu machen. Die Mutter und der Bruder kamen mindestens einmal im Jahr zu Besuch. Man verstand sich auf Anhieb und pflegte diese Bekanntschaft auch über Deutschland hinaus. So kamen wir irgendwann auf die Idee, sie dort zu besuchen.

Der Plan wurde dann in die Tat umgesetzt und wir freuten uns beide schon sehr darauf. Als Rollstuhlfahrer kann man aber leider nicht sagen: „Okay, auf geht's." Da muss man im Vorfeld schon einiges vorbereiten. Da ich kein Freund von Überraschungen bin, wurde alles bis ins kleinste Detail durchgespielt und geregelt.

Das gefundene Hotel hatte für mich als Rollstuhlfahrer ein behindertengerechtes Zimmer mit befahrbarem Badezimmer. Und auch der Flug war schnell unter Dach und Fach. Die Fluggesellschaft erhielt alle erforderlichen Informationen über den Rollstuhl, Akku und Größe. Ebenso wurde der Bring- und Holservice gebucht. Und das nicht nur für Deutschland, sondern auch für England. Alles war in trockenen Tüchern, zumindest theoretisch. Jetzt musste nur noch unser ersehnter Abreisetag kommen. Und wie es ist, wenn man auf etwas wartet, wo man sich schon so lange drauf freut, brauch ich Ihnen nicht zu erklären. Irgendwie ging die Zeit bis dahin nicht um und zog sich wie Kaugummi.

Die Reise beginnt
Dann war der Tag endlich da. Unser Flug ging sehr früh, aber das war gewollt. Da wir nur fünf Tage in England blieben, hatte man am Anreisetag den vollen Tag zur Verfügung. Der Rückflug war auch

später, so konnte man diesen Tag noch in vollen Zügen nutzen. Schließlich wusste man nicht, ob man nochmals dort hinkam. Da will man natürlich alles mitnehmen, was kommt.

Am Flughafen lief alles wie geschmiert, eigentlich schon zu gut. Auch der Flug war überaus angenehm.

Als wir zum Landeanflug ansetzten, machten sich aber Sorgen in meinem Kopf breit. Was ist, wenn mein Rolli nicht mit herauskommt? Was ist, wenn er beschädigt wird? Die Ängste kamen nicht unbegründet, hatte ich so etwas doch schon mal selbst erlebt. Ohne Rollstuhl hätte ich den Urlaub nicht antreten und direkt zurückfliegen können. Das wäre ein Knock-out noch vor der ersten Runde gewesen.

Meine Freundin bemerkte sofort, dass etwas nicht mit mir stimmte, und wollte wissen, was los war. Aber um ihr keine unnötigen Sorgen zu machen, redete ich mich taktisch heraus und meinte, dass es einfach nur daran läge, dass ich Hunger hatte. Als ob mein Körper meine Notlüge bestätigen wollte, knurrte genau im richtigen Moment mein Magen. Gut gemacht!

Der Flughafenservice brachte uns zur Gepäckausgabe und was ich dann sah, ließ mein Herz ein bisschen schneller schlagen. Da stand er, mein oranger Blitz, wie ich meinen Rolli immer liebevoll nenne. So wie es aussah, hatte er den Flug gut überstanden und es ging ihm gut. Sicher halten Sie mich jetzt für völlig verrückt, dass ich mir solche Sorgen um meinen fahrbaren Untersatz mache. Aber ohne ihn bin ich aufgeschmissen. Er bringt mich da hin, wo meine Beine mich nicht mehr hintragen. Da ist doch wohl etwas Sorge erlaubt.

Und wenn jetzt noch das Taxi, welches wir auch direkt von Deutschland aus zu einem Festpreis gebucht hatten, uns zum richtigen Hotel bringt und das Hotel auch all das bietet, was wir wollten … ja, dann konnte doch nichts mehr schief gehen. Oder vielleicht doch?

Im Hotel angekommen konnten wir noch nicht in unsere Zimmer. Das wussten wir aber vorher. Also wurden die Koffer zur sicheren Verwahrung abgegeben und los ging es. Man wollte ja keine kostbare Zeit verschwenden. Schnell wurde noch eine Nachricht an unsere Freunde getippt, um sich für den Abend im Hotel zu verabreden. Das Wetter spielte mit, der Akku des Rollstuhls war voll und so machten wir uns frisch und fröhlich auf den Weg, die Engländer zu überzeugen, dass wir Mädels aus Deutschland schon etwas Besonderes sind und einiges zu bieten haben.

Da ich, wie schon erwähnt, gerne vorbereitet bin, hatte ich mir von zu Hause schon so einige Dinge herausgesucht, die wir uns unbedingt anschauen mussten. Ich hatte auch eine Bushaltestelle gefunden, die in unmittelbarer Nähe des Hotels lag und von wo aus wir sämtliche Sehenswürdigkeiten erreichen konnten. Schnell waren diese Station und der passende Bus gefunden. Ich war mir zwar noch nicht so sicher, wie das mit dem Bus und dem Rolli klappen würde, wurde aber angenehm überrascht. Als der Bus anhielt, sprang der Fahrer direkt raus, ließ die Rampe herunter und begrüßte uns mit einem freudigen „You´re welcome". Na, das nenne ich mal eine tolle Begrüßung.

Endlich kamen wir an dem Punkt an, von wo wir unsere Entdeckungstour starten wollten. Man kann jetzt nicht sagen, dass die Fahrzeit lang war, gerade mal knappe 15 Minuten, aber unser Tatendrang wurde immer größer. Und Geduld war nicht unser beider Stärke. Auch hier passten wir perfekt zusammen.

Kurz bevor wir unser Ziel, wo wir aussteigen mussten, erreichten, gab der Busfahrer uns ein Zeichen. War wirklich nett von ihm. Er hatte uns während der ganzen Fahrt beobachtet. Wahrscheinlich hatte er nicht oft solche Fahrgäste wie uns. Ich denke aber, es lag eher daran, dass man uns sofort anmerkte, dass wir fremd waren.

Der Bus hielt an und los ging es. Aber erst einmal musste sich gestärkt werden. Schnell war ein Bäcker gefunden und zwischen Tür und Angel wurde etwas in den Mund geschoben. Schließlich ist Zeit kostbar und so viel hatten wir nicht davon.

Als Erstes machten wir uns auf den Weg zu einer Kirche, da diese laut meinem Plan am nächsten lag. Und siehe da, es war tatsächlich so. Freudig stellte ich fest, dass der Eingang vollkommen barrierefrei war, und so ließ ich mich auch nicht davon abhalten, direkt in das Gotteshaus zu fahren. Nicht, dass Sie jetzt glauben, wir haben die Kirche gestürmt. Wir wussten schon, wo wir hier waren, und benahmen uns voller Respekt.

Das Innere war so überwältigend, dass wir eine gewisse Zeit verweilten. Besonders die großen und bunten Fenster hatten es uns angetan und wir kamen aus dem Staunen nicht mehr heraus. Das hatte wirklich was. Und schnell war beschlossen, dass wir auf jeden Fall noch einmal hier hinmussten. Wie auch in Deutschland konnte man Kerzen anstecken. Dies taten wir und auf ging es zur nächsten Station.

Diese war eine kleine Straße mit alten Fachwerkhäusern, die einen unheimlichen Charme versprühten. Und auch wenn sie nicht sehr lang war, konnte man auf beiden Seiten eine sehr schöne Sammlung von ungewöhnlichen Läden und Restaurants entdecken. Hier passte wirklich „klein aber fein". So schlenderten wir eine gewisse Zeit auf und ab.

In einem Pub machten wir kurz Rast. Man muss ja auch irgendwann mal seinen körperlichen Bedürfnissen nachkommen. Ich war verwundert. Es gab tatsächlich eine behindertengerechte Toilette. Wo wir nun schon einmal hier waren, beschlossen wir, unser erstes englisches Bier zu probieren – auf besondere Empfehlung einer Kellnerin. Dies hatte jedoch nichts mit einem Bier zu tun, so wie wir es kennen. Ich fand den Geschmack mehr als grausam, aber da wir höflich waren, nahmen wir hastig ein paar Schlucke, zeigten auf die Uhr, um damit zu sagen, dass wir es eilig hatten, und traten die Flucht an.

Nun stand für diesen Tag nur noch eine Attraktion auf dem Plan. Durch Zufall war ich beim Googeln auf diesen Laden gestoßen und der hatte all das, was das Herz begehrt – was das süße Herz begehrt. „Mary's Sweet Memories", ein Süßigkeitenladen, wo jeder Zahnarzt vor lauter Vorfreude, bald wieder neue Kundschaft wegen Karies zu bekommen, in die Hände geklatscht und einen Freudentanz aufgeführt hätte. Diese Köstlichkeiten schrien förmlich nach uns und wir gaben dem nach. Man gönnt sich ja sonst nichts.

Hier stellte sich allerdings für mich das Problem, dass ich den Laden nicht betreten, besser gesagt, befahren konnte. Es war ein sehr altes Haus, welches unter Denkmalschutz stand. Deshalb durfte der Besitzer den Eingang nicht verändern. Also lugte ich, so gut es ging, in das Geschäft. Die Regale standen voll mit nostalgischen Glasbehältern und diese waren mit den herrlichsten Sachen gefüllt. Und das Beste war, man durfte sich quer durch das gesamte Sortiment futtern.

Der Ladenbesitzer bekam mit, dass meine Freundin immer wieder hinausging und dann den Laden erneut betrat. Etwas komisch musste das dem guten Herrn bestimmt vorgekommen sein. Meine Begleiterin nannte ihm den Grund und dann entdeckte auch er mich. Ruckzuck stand er neben mir, erkundigte sich nach meinem Befinden und fragte, ob ich nicht auch mal probieren möchte. Und da ich nicht zu den Köstlichkeiten konnte, kamen diese zu mir. Immer wieder huschte er in sein

Geschäft, holte Kostproben und ich durfte probieren. Dies blieb den vorbeilaufenden Passanten natürlich nicht verborgen und schnell waren wir der Mittelpunkt der Straße. Deutsche Mädels sind eben toll, das steht völlig außer Frage. Auch hier war klar, dieser Laden musste nochmals besucht werden.

Nun wurde es aber Zeit, zurück ins Hotel zu fahren. Hatten wir doch abends noch eine wichtige Verabredung, vor der man sich natürlich noch etwas frisch machen wollte. Wir hatten gar nicht gemerkt, wie schnell die Zeit vergangen war. Schnell wurde noch in einem Supermarkt etwas Verpflegung eingekauft und ab ins Hotel. Nun sahen wir zum ersten Mal unsere Zimmer und die ließen keine Wünsche offen. Mein Badezimmer war so groß, da hätte ich eine komplette Rollstuhlkarawane durchschicken können. Auch das Zimmer war sehr groß. Hier hatte wirklich mal jemand mitgedacht.

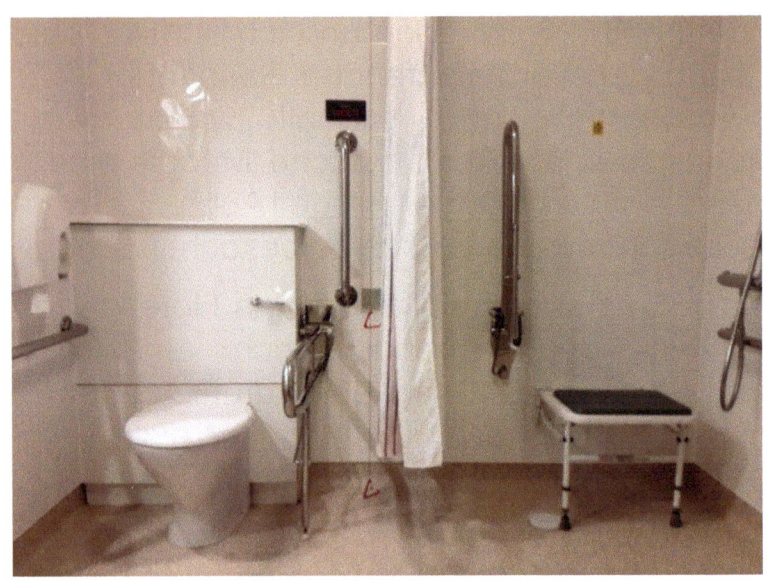

Frisch gestylt saßen wir nun in der Lobby und warteten auf unsere Freunde. Diese ließen nicht lange auf sich warten und es war einfach nur wunderschön, sie nach so langer Zeit wiederzusehen. Viel zu schnell verging die Zeit, aber man verabredete sich direkt für den nächsten Tag zum Abendessen. Da sollten wir dann auch den Rest der Familie kennenlernen, den wir bisher nur vom Erzählen kannten.

Nachdem unsere Freunde weg waren, stärkten wir uns noch mit einem kleinen Snack und gingen dann aufs Zimmer. Als ich im Bett lag, wollte ich den Tag nochmals Revue passieren lassen, aber ich war so müde, dass ich die Augen nicht aufhalten konnte.

Aber eins war klar, für mich war dies ein perfekter Tag.

Alles klappte mit dem Rollstuhl, jeder war freundlich und hilfsbereit zu uns. Und diese vielen neuen Eindrücke. Besser konnte es nicht laufen. Und das war erst Tag eins.

Auf zu neuen Entdeckungen
Am nächsten Tag machten wir uns ohne Frühstück schon sehr früh auf den Weg. Der frühe Vogel und so …

Diesmal ging es mit dem Bus in die andere Richtung. Als wir an unserem geplanten Ort ankamen, hatten die meisten Geschäfte noch geschlossen. Also entschieden wir uns erst einmal für ein ausgewogenes und sehr üppiges Frühstück. Es konnte nicht schaden, gestärkt auf Entdeckungsreise zu gehen. Immerhin stand für heute ein straffes Programm auf dem Plan. Wir mussten auch wieder zeitig im Hotel sein, um uns für unser Essen am Abend etwas herauszuputzen. Und da wir bei all unseren Aktivitäten auf den Bus angewiesen waren, war es schon ratsam, die Zeit immer im Auge zu behalten.

Der Ladenbesitzer, bei dem wir gefrühstückt hatten, drückte uns beim Verlassen seines Geschäftes noch einen kleinen Stadtplan in die Hand, wo alle interessanten Punkte markiert waren. Sogar die

Sanitäranlagen waren vermerkt, und für Rollstuhlfahrer noch zusätzlich markiert. Da staunte ich wirklich nicht schlecht. Hier war man wirklich auf gehandicapte Personen eingerichtet. Leider ist das nicht überall so.

Da wir beide eine große Schwäche für alte Kirchen haben, war dies natürlich unser erstes Ziel. Leider hatte diese noch geschlossen, aber von außen machte das Gebäude schon einiges her. Also wurde der Plan kurzfristig geändert, man ist ja schließlich flexibel.

Als Nächstes ging es in einen wunderbaren Park. Das Wetter war optimal. Bänke gab es genug, ich hatte meinen Sitzplatz dabei. Eine gute Gelegenheit, mal die Seele etwas baumeln zu lassen. Und natürlich mussten für daheim noch fleißig Beweisfotos geknipst werden.

Bevor wir zurück zu der Kirche gingen, legten wir noch einen kleinen Zwischenstopp in einem Informationscenter ein. Es wurden natürliche Bedürfnisse erledigt und noch ein paar kleine Souvenirs gekauft. Das musste sein.

Dann ging es ohne Umwege direkt zu der Kirche. Diese war von innen einfach atemberaubend. So etwas hatte ich zuvor noch nie gesehen. Wieder diese wunderbaren bunten Fenster, eine Orgel, die ihresgleichen sucht, ein Altar mit alten Gravuren.

Hier drin stand die Zeit still. Es war genauso, wie man es aus alten Filmen kennt.

Nun lag all das, was wir noch sehen wollten, direkt hintereinander. Also schlenderten wir die Straße hoch und konnten schon von Weitem das Wahrzeichen dieser Stadt sehen. Schnell wurde der Frau königlichen Geblütes ‚Hallo' gesagt und weiter ging es ins Gerichtsgebäude. Wir wurden dort empfangen, als wenn man nur auf uns gewartet hätte, denn ein junger Mann kam schnurstracks auf uns zu, stellte sich vor und fragte: „German?" Wir nickten.

Mit einem Wink gab er uns ein Zeichen, dass wir ihm folgen sollten. Als meine Freundin den Aufzug sah, zog sie es vor, die Treppe zu nehmen. Das Ding war ein Relikt. Ich konnte wirklich nicht abschätzen, aus welchem Jahrhundert oder welcher Zeit es war. Und ich verstand sie. Klapperte und schepperte es doch gewaltig und ich war mir auch sehr sicher, dass dieses Gerät sicher noch nie einen TÜV gesehen hatte. Da hieß es nur Augen zu und durch. Der junge Mann zog es auch vor, die Treppe zu nehmen. Nicht wirklich vertrauenerweckend. Aber ich kam da an, wo ich hinsollte.

Dort hatten wir die große Ehre, den Gerichtssaal von innen zu sehen, wo sonst Touristen keinen Zutritt hatten. Das war natürlich der absolute Hammer und wir fühlten uns sehr geehrt.

Nun ging es nur noch in das große Einkaufszentrum. Jedoch nahmen wir nicht den direkten Weg, sondern schauten in einige kleine Gassen hinein. Die Zeit musste einfach sein.

Und das Einkaufszentrum ließ keine Wünsche offen. Mit einer dicken Geldbörse hätte man sich hier alle Träume erfüllen können. Gut, das unser Budget das nicht zuließ. Außerdem hätte ich einen Anhänger gebraucht, um das alles zu transportieren.

Das wäre ein Anblick gewesen. Zwei Mädels, von denen man sofort wusste, die waren nicht von hier. Eine zu Fuß und eine mit Rollstuhl und dahinter ein voll beladener Anhänger. Nein wirklich, so viel Aufmerksamkeit wollten wir dann doch nicht.

Nun wurde es allerhöchste Zeit, zurück zum Hotel zu fahren. Schließlich wartete auf uns noch ein ganz besonderer Termin, den man auf keinen Fall verpassen wollte.

So saßen wir dann abends mit der gesamten Familie in fröhlicher Runde in einem Hotel, welches wir am Tag eins schon abgecheckt hatten, und aßen, tranken und erzählten. Es wurde viel gelacht. Das lag auch daran, dass es hin und wieder mit der anderen Sprache nicht so auf Anhieb klappte. Das schadete aber der guten Stimmung nicht und zur Not gab es ja auch noch Hände und Füße, mit denen man etwas erklären konnte.

Und so endete ein Tag, der den ersten noch um einiges übertroffen hatte. Was sollte dann erst der nächste bringen?

Ein bunt gemischtes Programm
An diesem Tag war Markt. Also machten wir uns nach einem ausgiebigen Frühstück im Hotel auf den Weg. Es gab reichlich Auswahl, jedoch unterschied sich dieser Markt nicht sehr von denen, wie man sie in Deutschland kennt. Hauptbestandteil waren Nahrungsmittel und hier und da konnte man Kleidung und kleine Antiquitäten erwerben.

Danach wollten wir dann getrennte Wege gehen. Jeder hatte noch etwas zu erledigen und Dinge zu besorgen, um sie mit zurück in die Heimat zu nehmen. Und da wir die letzten Tage wie siamesische Zwillinge zusammenhingen, tat es gut, auch mal für sich zu sein. Ich verabredete mich mit dem Sohn der Familie. Wir haben einen sehr guten Draht zueinander und ich ließ mir von ihm noch einige Plätze zeigen, die nur Insider kennen.

Meine Freundin dagegen schoss alleine los. Jedoch wollten wir uns nach zwei Stunden zum Mittagessen treffen, um danach noch gemeinsam etwas zu unternehmen.

Wir schauten uns einen Park an, der speziell für Familien zurechtgestrickt war. Mit Karussellen, Wasser- und Spielanlagen und einem großen Garten mit Teichanlage. Halt all das, womit man Kinder bespaßen kann, wenn man als Eltern eine kleine Auszeit braucht. Hier konnten sie toben, aber man hatte sie immer im Auge. Gut, für mich war das jetzt nicht so der Knaller, aber wir waren draußen, die Sonne schien, es war schön warm und das war sehr angenehm. Man redete über dies und das und gönnte sich ein Eis. Alles völlig entspannt und relaxt.

Da er wusste, dass ich eine große Schwäche für Kirchen habe, machten wir auf dem Rückweg noch einen kleinen Abstecher, bevor wir uns zum Essen treffen wollten. Dieses Gebäude war so klein, dass man es als Fremder übersehen hätte. Eingesäumt von hohen Bäumen fiel es kaum auf. Ich bin mir ziemlich sicher, dass meine Freundin und ich dort keinen Stopp eingelegt hätten. Umso überraschter war ich, als ich ins Innere kam. Keine große Orgel oder Altar, hätte auch nicht gepasst, aber atemberaubende bunte Fenster in jeglicher Größe. Überall glitzerte es, da die Sonne hineinschien und dafür sorgte, dass alles reflektiert wurde. Wirklich ein ganz besonderes Farbspiel und schön anzusehen.

Am verabredeten Punkt stärkten wir uns erst mal, berichteten, was jeder von uns gemacht hatte, und kamen dann zu dem Entschluss, uns noch gemeinsam eine sehr alte Sehenswürdigkeit anzuschauen.

Hier war eine Gruppe von mittelalterlichen Fachwerkhäusern aneinandergereiht. Dies war früher ein Altersruhesitz für ehemalige Soldaten und deren Frauen.

Leider hatten wir keine Möglichkeit, die Innenräume zu besichtigen, da dort gerade eine Hochzeit abgehalten wurde. Mit Sicherheit ein Erlebnis, denn die Leute, die da die Führungen machen, laufen in alten und zeremoniellen Uniformen herum. Der kleine Garten dahinter war eine grüne Oase der Ruhe. Alles war mit so viel Liebe zum Detail angelegt, dass wir einfach eine kleine Pause machten und die Ruhe genossen. So etwas tut auch mal gut.

Da wir uns abends noch einmal mit der ganzen Familie zum Essen verabredet hatten, machten wir Mädels uns auf den Weg zurück zum Hotel. Es war schon witzig mitzuerleben: Einige der Busfahrer kannten uns inzwischen so gut, dass wir mit Handschlag begrüßt wurden.

Abends saßen wir nochmals mit der ganzen Bande zusammen. Und wie immer ging die Zeit viel zu schnell vorbei und das Urlaubsende rückte immer näher, leider.

Besuch bei Robin Hood und Merlin
An diesem Tag stand eine alte Burg auf dem Programm. Das Wetter war perfekt und wir wollten den ganzen Tag dort verbringen. Dieses Gemäuer war wie aus Zeiten von Robin Hood oder Merlin.

Wie man es aus Filmen und Geschichtsbüchern kennt. Freifliegende Adler, herumlaufende Pfauen, Ritterspiele, halt all das, was zu dieser Epoche gehört.

Allerdings leider nicht so gut mit Rollstuhl. Das Außengelände war kein Problem, aber wollte man in die Burg, wo die ganzen Rüstungen, Gemälde, Waffen, Gemächer und derlei zu sehen waren, musste man einige Stufen überwinden. Einen Lift gab es nicht. Der war zwar in Planung, wie uns ein Angestellter erzählte, aber noch nicht realisiert. Gut, dann musste meine Freundin sich halt alles anschauen, Fotos machen und mir Bericht erstatten. Es blieb mir ja nichts anderes übrig. Aber es wurmte mich schon sehr, es nicht live erleben zu dürfen.

Nach kurzer Zeit war sie wieder an meiner Seite. Sie konnte unmöglich alles gesehen haben.

„Das musst du sehen. Irgendwie musst du die Treppen hoch. Ich helfe dir", überschlug sie sich beim Reden. „Oben steht ein Rollstuhl, da kann ich dich dann schieben. Nur diese Stufen, bitte", flehte sie. Und wer mich kennt, weiß, dass ich mich sehr schnell begeistern lasse.

Also gut, ich mobilisierte meine Kräfte und redete mir ein, dass es nicht anders sei, als wenn ich mit meinem Therapeuten Treppensteigen übe.

Ich fuhr mit meinem Rollstuhl direkt zur ersten Stufe und stellte mich hin. Bis dahin kein Problem. In der einen Hand das Geländer, an der anderen Seite meine Freundin und dicht hinter mir der nette Burgangestellte, mühte ich mich mehr schlecht als recht die einzelnen Stufen hoch. Hätte dies Haltungsnoten gegeben, hätte ich mich bis auf die Knochen blamiert. Aber ich kam oben an und das war allein das, was zählte. Ich plumpste in den Rolli, der am oberen Treppenende für mich bereitgestellt war. Na, wer sagte es, ging doch.

Meine Freundin hatte nicht zu viel versprochen. Was mir dort oben geboten wurde, war jeden einzelnen Schritt und Kraftaufwand wert. Bei dieser Aktion kam mir natürlich mein Dickkopf, den ich zweifelslos habe, zugute. Denn wenn ich mir etwas vornehme, schaffe ich das auch.

So beeindruckend alles war, ich musste ja auch wieder runter. Dies stellte sich dann als nicht ganz so einfach heraus, weil meine Beine mir sehr deutlich klarmachten, dass sie überhaupt keine Lust dazu hatten. Aber es half nichts, sie mussten gehorchen.

Ich glaube, für meine Freundin war es viel schlimmer als für mich. Die Gute hat wirklich Blut und Wasser geschwitzt. Auf dem Rückweg mussten wir mehrmals auf der Treppe haltmachen, weil meine Beine, besser gesagt, Füße, nicht so die Stufen herunterwollten, wie ich mir das vorstellte. Förderlich war natürlich auch nicht, dass ich nach unten schaute und somit dem Gleichgewicht, welches bei mir auch nicht gerade gut ist – man könnte auch sagen, sehr schlecht –, eine Einladung schickte, auch noch ins Geschehen einzugreifen. Komischerweise empfand ich das als gar nicht so schlimm, obwohl das Risiko, die Treppe kopfüber zu nehmen, sehr groß war. Wahrscheinlich lag es daran, dass ich durch die vielen Eindrücke immer noch so berieselt war und deshalb die Gefahr, die zweifellos bestand, nicht sah. In diesem Fall gut, dass mein Kopf mal ausgeschaltet war.

Endlich unten, ließ ich mich wie selbstverständlich in meinen Rolli fallen. „Halb so wild", sagte ich zu mir. Erst jetzt bemerkte ich, wie elend meine Begleiterin aussah. Man sah ihr sofort an, dass sie mit den Nerven völlig am Ende war. Sie tat mir so leid. Als Stärkung spendierte ich ein Eis. Und es dauerte nicht lange, da lachten wir herzhaft darüber und trieben unsere Späße, natürlich auf meine Kosten, aber das war vollkommen in Ordnung.

Völlig erschöpft kamen wir im Hotel an. Wir hatten vorab schon besprochen, dass wir uns abends in unserem Hotel treffen wollten. Eine weise Entscheidung. Der Akku meines Rollis war so gut wie leer und wir waren richtig platt. Kein Wunder.

Als wir zusammensaßen, kam irgendwie keine richtige Stimmung auf. Es war Zeit, auf Wiedersehen zu sagen. War doch morgen der Tag unserer Abreise. Mir fiel es besonders schwer. Hatte ich das hier doch alles so lieb gewonnen. Natürlich freute ich mich auf meine Eltern, das war klar, aber diese Art und Weise, wie wir hier aufgenommen worden waren, war schon besonders und ging zu Herzen. Deshalb musste ich mir auch ein paar Tränchen verdrücken.

Tag der Abreise
An unserem Abreisetag hatten wir beide nicht mehr so den richtigen Pep. Deshalb besuchten wir noch einmal die Kirche vom ersten Tag und natürlich den Süßigkeitenladen, setzten uns dann nach draußen und beobachteten die Leute. Man könnte auch sagen, wir gammelten herum und hatten zu nichts mehr Lust. Also wieder zurück zum Hotel und dort warten bis das Taxi kam, das uns zum Flughafen brachte.

Und da erlebten wir etwas, das die ganzen tollen Erlebnisse der letzten Tage mit einem Schlag vernichtete.

Beim Check-in meinte dieser Bubi hinter dem Schalter, nachdem er besonders genau meinen Rollstuhl begutachtet hatte, dass sie uns nicht mitnähmen. Das war doch wohl ein schlechter Scherz?

Wir versuchten ihm zu erklären, dass von Deutschland aus alles an die Fluggesellschaft weitergeleitet worden war, auch nach England. Aber er blieb stur. Er wollte von mir die genaue Beschreibung des Akkus haben und was sich darin befand. Sehe ich aus wie ein Techniker? Genau deshalb hatten wir ja alles vorab geregelt, aber in Birmingham war nichts, aber auch gar nichts an Unterlagen da. Nicht einmal der Rollstuhlservice war laut diesem Jüngling gebucht.

Ein zweiter Flughafenangestellter griff ins Geschehen ein. Beherzt fasste er in die Tasche unter dem Rollstuhl, wo der Akku befestigt war. Nahm ihn heraus, drehte und wendete ihn, war aber auch völlig ratlos. Also den Akku wieder zurück in die Tasche. Wieder und wieder versuchte ich dem Burschen zu erklären, dass die Unterlagen da sein mussten. Aber dem war nicht so. So langsam verlor ich meine Beherrschung und man merkte dem Flughafenmitarbeiter an, dass auch er kurz vor dem Explodieren stand.

Die Zeit drängte. Rückte die Abflugzeit doch immer näher. Aber er ließ sich nicht erweichen, wir durften nicht mit. Das brachte bei mir das Fass zum Überlaufen. Ich motzte ihn an, mehr auf Deutsch als auf Englisch, aber die Tonlage machte es aus. Dann fing auch er an zu schimpfen und gestikulierte wild und fuchtelte mit den Händen herum. Ein Schauspiel, das in jeden Kinofilm gepasst hätte. Beim Blick ins Gesicht meiner Freundin sah ich, dass auch sie nicht mehr weit davon entfernt war, die Nerven zu verlieren.

Also wurde noch ein weiterer Kollege hinzugezogen. Es war ein älterer Mann, der völlig entspannt an die Sache heran ging. Natürlich fummelte auch er an dem Akku rum. Kam dann aber zu dem Entschluss, uns erst mal dahin zu bringen, wo die Leute, die diesen Bring- und Holdienst in Anspruch nahmen, geparkt wurden. Wir kamen unserem Flugzeug zwar etwas näher, aber das war es auch schon.

Und wieder warten. Der ältere Herr wich uns nicht von den Fersen. Und dann kam ein vertrautes Gesicht. Der Herr, der den Akku das erste Mal unter die Lupe genommen hatte. Und weil es so schön war, durfte der Akku nochmals seine Tasche verlassen, wurde wieder in alle Richtungen gehalten und gedreht. Und dann wieder husch, husch, zurück ins Täschchen. Wir waren eindeutig im falschen Film.

Aber dann bekamen wir grünes Licht, endlich. Und da unser Flugzeug Verspätung hatte, konnten wir in der Wartehalle etwas unsere Nerven beruhigen, was gar nicht so einfach war.

Dann war Boarding. Wenn man als behinderte Person fliegt, darf man als Erster das Flugzeug betreten. So standen wir also an der Gangway und warteten auf das Startsignal. Und siehe da, unser Bubi war auch wieder da. Bitte nicht schon wieder. Die Dame, die uns zum Flugzeug gebracht hatte, verspürte auch auf einmal den Drang, sich den Akku anzuschauen. Liebe Leute, das ist nur ein Akku, keine Schatztruhe oder Ähnliches. Also durfte er nochmals an die frische Luft und dann wieder zurück an seinen vertrauten Platz.

Währenddessen versuchte ich zu zeigen, dass, wenn man den Rollstuhl an den Rädern verstellt, die Stromzufuhr zum Akku komplett unterbrochen wird. Somit konnte dieser böse Bursche auch nichts Schlimmes im Flugzeug anrichten. Es wurde kräftig genickt und der Daumen gehoben, aber ich war mir sicher, verstanden hat es keiner. Und damit sollte ich nicht falsch liegen. Bis zum Eingang des Flugzeuges wurde ich mit meinem Rollstuhl geschoben. Danach sollte er direkt unter uns im Bauch der Maschine deponiert werden. Als sie ihn wegbrachten, sah ich aus dem Augenwinkel, dass wieder der Akku begutachtet und darauf gezeigt wurde. Ebenso auf die Räder, wo man die Stromzufuhr abschalten konnte. Was das zu bedeuten hatte? Mit Sicherheit nichts Gutes.

Endlich saßen wir im Flugzeug. Uns fiel ein Stein vom Herzen. Die aufmerksame Stewardess bekam mit, dass mit uns etwas nicht stimmte. Laut ihrer Aussage waren wir leichenblass. Und so erzählten wir, was dort am Birminghamer Flughafen vorgefallen war. Sie schüttelte nur den Kopf und gab mir sofort eine Adresse, bei der ich mich beschweren konnte. Endlich. Ohne weitere Probleme landeten wir in Good Old Germany. War dieser Horrortrip nun vorbei?

Da es schon sehr spät war, dockte die Maschine nicht wie üblich an den Gangways an, sondern parkte außerhalb. Daher mussten die anderen Passagiere die Maschine per Treppe verlassen. Auf dem Rollfeld wartete dann ein Bus, der sie direkt zum Check-out brachte. Wir nahmen natürlich den Behindertenservice in Anspruch. In diesem Fall genau anders herum als beim Abflug. Nachdem die Maschine leer war, wurde ich zum Ausgang gebracht. Von dort aus wurden wir mit einem Lift nach unten befördert. Dort stiegen wir in unser Transportmittel. Hier standen einige Rollstühle für den Behindertenservice, aber meiner war nicht dabei. Doch dann konnte ich erkennen, dass eine Person im Anmarsch war und etwas vor sich herschob. Ich erkannte sofort, dass es mein oranger Blitz war. Ach, war das schön ihn zu sehen. Doch die Freude verpuffte sehr schnell, als ich mir mein

Baby genau anschaute. Die Tasche des Akkus war an einer Seite abgerissen. Ein Kabel schaute heraus, das da überhaupt nichts zu suchen hatte. Da war doch sofort klar, die haben noch daran herumgespielt. Da fällt einem nichts mehr zu ein. Wenigstens ließ er sich noch schieben.

Wieder zu Hause machte ich sofort Fotos. Dabei stellte ich fest, dass man das Rad nicht mehr bewegen konnte, wo man von Schiebefunktion auf Fahrbereitschaft umstellen konnte. Das nennt man dann wohl Totalschaden.

Und obwohl es so spät war, setzte ich mich noch an meinen Computer und schrieb der Beschwerdestelle der Fluggesellschaft eine nette Mail, die sich gewaschen hatte. Natürlich vergaß ich auch nicht zu erwähnen, wie wir behandelt worden waren. Ferner erklärte ich, dass es gut möglich wäre, dass dieser ganze Stress eine Verschlechterung meines Gesundheitszustandes hervorrufen könnte. Fakt ist, so etwas können wir MSler überhaupt nicht vertragen, das ist Gift für uns. Das war noch nicht einmal eine Lüge. Sollte diese Situation eintreten, würde ich auch zusätzlich noch meine Krankenkasse und den behandelnden Arzt mit einschalten. Keine Ahnung, ob das überhaupt geht und machbar ist, aber ich fand die Zeilen als Abschluss wirklich gut.

An Schlaf war natürlich nicht mehr zu denken. Also wurde ausgepackt und noch mal ein Blick auf die

Fotos aus England geworfen. Und ich merkte, dass das richtig guttat.

Jetzt war nur noch die Frage, wie schnell war mein Rolli wieder einsatzbereit, denn ohne ihn bin ich an die Wohnung gefesselt. Aber das stellte sich als gar kein Problem heraus. Mein Vater brachte ihn morgens direkt zu unserem Sanitätshaus. Die reparierten ihn umgehend. Einen Tag später war mein treuer Gefährte wieder da und fahrbereit.

Auf die Frage, wer diese Reparatur jetzt übernehme, erhielt ich die Antwort, dass die Krankenkasse dafür zuständig sei. Und wenn die es wollten, könnten sie versuchen, sich das Geld von der Airline wieder zurückzuholen.

Am nächsten Tag hatte ich auch schon eine Antwort der Fluggesellschaft. Sie entschuldigten sich, versicherten alles zu übernehmen, wie leid ihnen alles täte, bla, bla, bla. Ich rief sofort meine Krankenkasse an und leitete dann das E-Mail direkt weiter. Wer das letztendlich bezahlt hat, habe ich nie erfahren. War mir auch egal. Mein oranger Blitz war wieder gesund und nur das zählte.

Als meine Freundin und ich dann einen Fotoabend machten, war bereits etwas Gras über die Sache gewachsen. Es ging sogar so weit, dass wir diese Fachkompetenzen am Birminghamer Flughafen richtig auf die Schüppe nahmen und uns über die lustig machten.

Trotz allem war dies für mich der perfekte Urlaub. Ich hatte die beste Reisebegleiterin, die man sich wünschen kann, habe viel gesehen, tolle Menschen kennengelernt. Dinge, die ich mit Sicherheit nicht so schnell vergessen werde und die noch sehr lange einen bleibenden Eindruck hinterlassen.

Und wer weiß, vielleicht heißt es ja irgendwann doch noch einmal für uns:

„Wenn jemand eine Reise tut, so kann er was erzählen".

JUCHU – ein neues Bett

Da lässt man sich ein neues Bett verordnen. Ordnungsgemäß schickt man die Verordnung an das Sanitätshaus seines Vertrauens, damit dort alles geregelt wird. Sogar per E-Mail, damit alles schriftlich vorliegt. Am Telefon kann man ja bekanntlich schon mal etwas überhören. Ein wichtiger Inhalt der Mail ist, sich bitte zu melden, sowie die Krankenkasse grünes Licht gegeben hat, damit man dann einen Termin für die Lieferung vereinbaren kann.

In der Hoffnung, alles richtig gemacht zu haben, hieß es nun Daumen drücken, damit alles so lief, wie man es sich vorstellte bzw. wünschte. Sollte dieses Bett einem doch das Leben erleichtern, da man es hoch- und runterfahren konnte, um einem somit den Ein- oder Ausstieg in das Bett zu erleichtern. Eine gute Erfindung, wenn wie bei mir die Beine sehr in Mitleidenschaft gezogen sind und nicht immer das machen, was sie sollen.

Ein paar Tage später klingelte es an der Tür. Da ich keinen Besuch erwartete, war ich überrascht. Voller Neugierde öffnete ich und ein mir bekanntes Gesicht stand davor – der nette Lieferant des Sanitätshauses, den ich schon aus der Vergangenheit kannte.

Mit großen Augen schaute ich ihn an: „Was machen Sie denn hier?", war meine Frage.

Dieser schaute mich noch überraschter an als ich ihn. „Ich bringe Ihnen das Bett. Das wissen Sie doch", war seine Antwort.

Die Fragezeichen in meinen Augen werden größer. „Bett, ja, ähm … wusste gar nicht, dass die Kasse zugestimmt hat. Und wieso heute? Sie haben Glück, dass ich noch da bin." Völlig verwirrt zeigte mir der gute Herr seinen Lieferschein. Und tatsächlich, da stand schwarz auf weiß, Lieferung, heute, Bett, Britta Kummer.

Nun war guter Rat teuer. Ich wurde in zehn Minuten abgeholt, und dies war ein Termin, der sich nicht verschieben ließ, da er schon vor einigen Monaten gemacht wurde.

„Also hier ist aber wirklich etwas falsch gelaufen", sagte ich zu ihm. „Sie müssen echt an Ihrer Kommunikation arbeiten."

Schulterzuckend bekam ich zur Antwort: „Das sieht wohl so aus."

Pflichtbewusst zeigte ich ihm die Mail, damit es hinterher nicht hieß, ich erzähle Märchen. Als er den Namen des Sachbearbeiters las, winkte er nur mit der Hand und kommentierte: „Das wundert mich jetzt nicht."

Zwischen den Zeilen gelesen ist dieser Kollege wohl dafür bekannt, gerne mal etwas Chaos zu verbreiten und durcheinanderzubringen. Vielleicht sollte ich ihn mal anrufen und erklären, dass auch behinderte Menschen hin und wieder Termine haben und nicht, weil sie doch so krank sind, ihr gesamtes Leben in der Wohnung verbringen und immer zur Verfügung stehen. So nebenbei bemerkt, auch wir nehmen am realen Leben teil, so wie es eben der Gesundheitszustand zulässt.

Nun kam es so, dass mein lieber Lieferant das Bett wieder mitnahm. Irgendwie tat er mir richtig leid. So ein netter Kerl und nur weil der Mitarbeiter nicht richtig lesen konnte, war er vergebens da. Zu erwähnen ist, dass das Sanitätshaus nicht direkt um die Ecke ist. Es ist wirklich etwas Wahres daran, wer lesen kann, ist im Vorteil.

Nichtsdestotrotz bekam ich dann im zweiten Anlauf mein Bett. Wieder geliefert von meinem vertrauten Herrn. Und das diesmal ohne Komplikationen. Leider konnte ich ihm nicht entlocken, ob er seinem Kollegen so richtig die Meinung gesagt hatte. Aber wenn ich das Lächeln auf seinem Gesicht, als ich gefragt habe, richtig deutete, gehe ich davon aus. Richtig so. Aber vielleicht rufe ich trotzdem noch mal an. Doppelt hält ja besser.

Nun stand endlich einem sicheren Ein- und Ausstieg ins Bett nichts mehr im Wege. Wieder mehr Lebensqualität. Was will man mehr?

Dumme muss es auch geben

Versuchen, es allen recht zu machen, und dabei selbst auf der Strecke bleiben.

Kennen Sie das auch? Sie besuchen einen lieben Menschen und der erzählt einem all seine Probleme. Natürlich hört man zu, aber schafft man es auch, das zu verdrängen, wenn man wieder allein zu Hause ist? Ich für meinen Fall nicht. Ich nehme so etwas immer mit und die Sorgen Dritter sind dann meine. Und das frisst an mir. Hat man nicht selbst genug Probleme und Sorgen, wenn man krank ist? Sollte man sich da nicht erst einmal um seine eigenen Belange kümmern? Und das Schlimme ist, ich weiß das. Bin aber trotzdem immer wieder so dumm und lasse es zu.

Genauso, wenn ich gefragt werde: „Kannst du mir mal einen Gefallen tun?" Jeder normale Mensch fragt erst einmal, worum es geht. Blöd, wie ich bin, oder sollte ich es besser naiv nennen, sage sofort ja, ohne zu wissen, um was es sich handelt. Und meist ist es dann wieder etwas, das mich belastet. In meinem Fall für meine MS mal wieder Gift. Gift, das ich mir selbst verabreiche. Vielleicht ist NEIN sagen ja auch mal richtig befreiend. Sollte ich dringend mal versuchen, bevor ich auf der Strecke bleibe.

Aber das ist bei uns Familientradition. Meine Eltern sind genauso. Vielleicht habe ich dieses Syndrom schon mit der Muttermilch in mich aufgenommen oder die Gene gratis mitgeliefert bekommen. Jetzt verstehe ich, es ist nicht meine Schuld, sondern die meiner Eltern, denn einen Schuldigen muss es geben. Immer besser jemand anders als man selbst.

Fakt ist: Dumme muss es geben. Und wird es immer geben.

Diese Personen, die helfen und unterstützen wollen, ohne an den eigenen Vorteil zu denken. Und genau die sind es, die oft mit Füßen getreten werden. Da kann ich für mich nur hoffen, dass es irgendwann mal klick macht und ich das ändere, bevor es zu spät ist. Nur ich kann dem Ganzen einen Schlussstrich setzen. Dann will ich mal die Hoffnung nicht aufgeben, denn die stirbt ja bekanntlich zuletzt.

Ernährung bei MS

Es gibt keine spezielle MS-Diät. Auch hier heißt der Schlüssel, auf eine gesunde, abwechslungsreiche und ausgewogene Ernährung mit frischen Zutaten zu achten. Dies kann sich gut auf den Krankheitsverlauf auswirken, das Wohlbefinden positiv beeinflussen und die Lebensqualität verbessern.

Die Basis einer gesunden Ernährung bilden Gemüse, Obst und Ballaststoffe. Studien haben gezeigt, dass zu viel tierische Fette die Entzündungsprozesse bei MS verstärken. Fisch- und Pflanzenöle dem aber entgegenwirken.

Daher empfiehlt sich eine Kost, bei der weitgehend auf Fleisch, tierische Fette, Eier und Eiprodukte verzichtet wird. Fettarme Milch und Milchprodukte werden jedoch aufgrund ihres Kalziumgehalts empfohlen.

Im Gegenzug sollte der Verzehr von fetten Meeresfischen erhöht werden, da diese einen hohen Anteil an Omega-3-Fettsäuren besitzen. Diesen sagt man eine entzündungshemmende Wirkung nach.

Im Internet oder in Zeitungen stößt man immer wieder auf so genannte MS „Spezialdiäten" wie z.B.:

Fratzer- oder Ebener-Diät, Swank-Diät
Evers-Diät, Allergenfreie Diäten,
Neuroperm-Therapie nach Dr. Kluge

Diese versprechen teilweise wahre Wunder. Fakt ist aber: MS kann dadurch nicht geheilt werden.

Jeder Körper reagiert anders. Es kann also gut sein, dass die eine oder andere Ernährungsform Ihr Wohlbefinden verbessert. Es ist auf jeden Fall einen Versuch wert. Allerdings sollten Sie so eine Umstellung immer in Absprache mit Ihrem Arzt machen und dies in aller Ruhe. Es hat noch nie etwas gebracht, wenn man überstürzt an etwas herangeht.

Ich ernähre mich vegetarisch und nehme viel Obst und Rohkost zu mir. Natürlich esse ich auch zwischendurch Lebensmittel, die nicht so gesund sind. Für mich gilt die Devise, auch wenn man eine chronische Erkrankung wie MS hat, Essen muss schmecken.

Zusätzlich zu meiner Ernährung nehme ich auf Empfehlung meines Arztes zwei Ergänzungsmittel.

Da wäre 1x wöchentlich Dekristol 20000. Hierbei handelt es sich um hoch dosiertes Vitamin D. Das so genannte Sonnenvitamin. Wie der Name schon verrät, ist die Sonne der ausschlaggebende Punkt, denn durch direkte Sonneneinstrahlung auf die Haut kann der Körper selbst Vitamin D herstellen. Studien haben gezeigt, dass Vitamin D bei MS helfen kann, Schüben vorzubeugen.

Als zweite Ergänzung nehme ich Vitamin B Duo Filmtabletten. Diese enthalten eine Kombination aus Vitamin B1 und B6. Beide Vitamine werden gemeinsam zur Anwendung bei Erkrankungen des Nervensystems eingesetzt.

Beide Zusätze können natürlich keine Wunder bewirken, aber ein wenig bei der Behandlung von MS unterstützen.

Mit den folgenden Rezepten möchte ich Ihnen etwas den Mund wässrig machen und zeigen, was ich gerne esse. Jedoch ist es nur eine kleine Auswahl. Aber wer weiß, vielleicht treffe ich damit auch Ihren Geschmack. Viel Spaß beim Ausprobieren der Rezepte.
(Die Zutaten sind für 2 Personen.)

Gemüse-Bruschetta

Zutaten:
- 1 Baguette
- 1 Zucchini
- 1 rote Paprika
- 1 gelbe Paprika
- 2 Schalotten
- 100 g Mozzarella
- 2 - 3 EL Olivenöl
- 1 - 2 Prisen Knoblauchsalz
- 2 - 3 Prisen Pfeffer

Zubereitung:
Zucchini waschen und in kleine Würfel schneiden.

Paprika schälen, Kerngehäuse entfernen und das Fruchtfleisch ebenfalls in kleine Würfel schneiden.

Schalotten schälen und fein hacken.

Mozzarella würfeln.

Baguette in Scheiben schneiden.

Olivenöl in einer Pfanne erhitzen und das Gemüse darin kurz anschwitzen. Dann in eine Schüssel geben, mit Knoblauchsalz sowie Pfeffer würzen und den Mozzarella unterheben.

Masse auf die Baguettescheiben verteilen. Diese dann im vorgeheizten Backofen bei 180 Grad so lange überbacken, bis der Käse leicht geschmolzen ist.

Gurken-Zwiebel-Carpaccio

Zutaten:
- 2 Schlangengurken
- 2 rote Zwiebeln
- 2 weiße Zwiebeln
- 3 EL Olivenöl
- 2 EL Limettensaft
- 2 - 3 Prisen bunter Pfeffer

Zubereitung:
Zwiebeln schälen und in Würfel schneiden.

Olivenöl, Limettensaft und Pfeffer verrühren. Die Zwiebelwürfel unterheben und darin zugedeckt etwa 30 Minuten ziehen lassen.

Schlangengurken waschen. Dann durch einen Spiralschneider drehen.

Gurkenstreifen auf einem Teller anrichten und die Öl-Zwiebelmasse darauf verteilen.

Mais-Paprika-Salat

Zutaten für den Salat:
- je 1 rote, grüne und gelbe Paprika
- 2 rote Zwiebeln
- 100 g Mais (Dose)
- 2 EL frisch gehackte Petersilie

Zutaten für das Dressing:
- 2 EL Olivenöl
- 2 EL Zitronensaft
- 1 - 2 Prisen Salz
- 2 - 3 Prisen Pfeffer

Zubereitung:
Paprika schälen, Kerngehäuse entfernen und das Fruchtfleisch in mundgerechte Stücke schneiden.

Zwiebeln schälen und in halbe Ringe schneiden.

Mais in einem Sieb abtropfen lassen.

Alles zusammen mit der Petersilie in einer Schüssel vermengen.

Zutaten für das Dressing verrühren.

Salat auf Tellern anrichten und mit dem Dressing beträufeln.

Schlangengurke-Mandarinen-Salat

Zutaten für den Salat:
- 2 Schlangengurken
- 200 g Mandarinen (Dose)

Zutaten für das Dressing:
- 3 EL Orangensaft
- 2 EL Olivenöl
- 1 TL süßer Senf
- 1 - 2 Prisen Pfeffer

Zubereitung:
Schlangengurken schälen, halbieren, Kerne entfernen und das Fruchtfleisch in Scheiben schneiden.

Mandarinen in einem Sieb abtropfen lassen.

Alles zusammen in einer Schüssel vermengen.

Zutaten für das Dressing verrühren und mit dem Salat vermischen.

Kohlrabi-Tomaten-Salat

Zutaten für den Salat:
- 250 g Kohlrabi
- 2 rote Tomaten
- 2 gelbe Tomaten
- 1 Zwiebel
- 2 EL frisch gehackte Schnittlauchröllchen

Zutaten für das Dressing:
- 100 g Joghurt
- 2 EL Sonnenblumenöl
- ½ TL Zucker
- 1 Prise Salz
- 2 - 3 Prisen Pfeffer

Zubereitung:
Kohlrabi schälen und grob raspeln.

Tomaten waschen, halbieren, Kerne entfernen und das Fruchtfleisch in Stücke schneiden.

Zwiebel schälen und klein hacken.

Zutaten für das Dressing verrühren.

Nun alles zusammen in einer Schüssel vermengen und zugedeckt etwa 30 Minuten durchziehen lassen.

Möhren-Auflauf

Zutaten:
- 300 g Möhren
- 1 Stange Lauch
- 200 ml Orangensaft
- 2 EL flüssiger Honig
- 2 EL Sojasahne
- 2 EL Margarine
- 1 TL Gemüsebrühe (Instant)
- 1 TL Currypulver
- 1 - 2 Prisen Salz
- 2 - 3 Prisen Pfeffer

Zubereitung:
Möhren schälen und in Scheiben schneiden. Dann die Gemüsebrühe in kochendem Wasser auflösen und die Möhren darin vorgaren.

Lauch putzen und in Ringe schneiden.

Möhren und Lauch in einer mit Margarine ausgefetteten Auflaufform verteilen.

Orangensaft, Honig sowie Sojasahne verrühren, mit Currypulver, Salz sowie Pfeffer würzen und über das Gemüse geben. Im vorgeheizten Backofen bei 200 Grad etwa 15 Minuten backen.

Die Backzeit kann je nach Ofentyp etwas variieren.

Tomaten-Hüttenkäse-Auflauf

Zutaten:
- 6 Tomaten
- 2 EL frisch gehackte Kräuter
- 250 g Hüttenkäse
- 2 Eier
- 2 EL Margarine
- 1 - 2 Prisen Salz
- 2 - 3 Prisen Cayennepfeffer

Zubereitung:

Tomaten waschen, halbieren, Kerne entfernen und das Fruchtfleisch in Stücke schneiden.

Alle Zutaten (außer Margarine) miteinander vermengen und mit Salz sowie Cayennepfeffer würzen.

Die Masse in eine mit Margarine ausgefettete Auflaufform geben und im vorgeheizten Backofen bei 180 Grad etwa 25 - 30 Minuten backen.

Die Backzeit kann je nach Ofentyp etwas variieren.

Bandnudeln-Kichererbsen-Topf

Zutaten:
- 200 g Bandnudeln
- 1 Stange Lauch
- 1 Zwiebel
- 2 EL frisch gehackte Petersilie
- 200 g Kichererbsen (Dose)
- 150 g stückige Tomaten (Dose)
- 2 EL Tomatenmark
- 2 - 3 EL Olivenöl
- ½ TL Paprikapulver (scharf)
- 1 - 2 Prisen Salz
- 2 - 3 Prisen Pfeffer

Zubereitung:
Bandnudeln nach Packungsangabe zubereiten.

Lauch putzen und in Ringe schneiden.

Zwiebel schälen und fein hacken.

Kichererbsen in einem Sieb abtropfen lassen.

Olivenöl in einer Pfanne erhitzen und die Zwiebel mit dem Tomatenmark darin anschwitzen.

Lauch, Kichererbsen sowie Tomaten mit Flüssigkeit zufügen, aufkochen und bei mittlerer Hitze etwa 10 Minuten köcheln lassen.

Nudeln zufügen, mit Paprikapulver, Salz sowie Pfeffer würzen und weitere 5 Minuten köcheln lassen.

Bandnudeln-Kichererbsen-Topf auf Tellern anrichten und mit Petersilie bestreut servieren.

Kartoffel-Apfel-Gemüse

Zutaten:
- 200 g Kartoffeln
- 3 Äpfel
- 2 Zwiebeln
- 2 EL frisch gehackte Petersilie
- 2 EL Zitronensaft
- 100 ml Sojasahne
- 50 ml Weißwein
- 2 EL Senf
- 2 - 3 EL Olivenöl
- 1 - 2 Prisen Salz
- 2 - 3 Prisen Pfeffer

Zubereitung:
Kartoffeln schälen und in mundgerechte Stücke schneiden.

Äpfel schälen, vierteln, Kerngehäuse entfernen, das Fruchtfleisch in mundgerechte Stücke schneiden und mit Zitronensaft beträufeln.

Zwiebeln schälen und fein hacken.

Olivenöl in einer Pfanne erhitzen und die Kartoffeln sowie Zwiebeln darin anschwitzen.

Sojasahne und Weißwein zufügen, aufkochen und bei mittlerer Hitze etwa 10 Minuten köcheln lassen.

Äpfel mit Zitronensaft sowie Senf zufügen, mit Salz sowie Pfeffer würzen und weitere 8 - 10 Minuten köcheln lassen.

Kartoffel-Apfel-Gemüse auf Tellern anrichten und mit Petersilie bestreut servieren.

Tofu-Gemüse-Pfanne

Zutaten:
- 150 g Räuchertofu
- ½ Chinakohl
- 1 Möhre
- 4 Frühlingszwiebeln
- 3 Stangen Staudensellerie
- 100 g frische Mungobohnenkeimlinge
- 50 ml Sojasoße
- 50 ml Wasser
- 2 - 3 EL Sonnenblumenöl
- 1 - 2 Prisen Kräutersalz
- 2 - 3 Prisen Pfeffer

Zubereitung:
Räuchertofu in mundgerechte Stücke schneiden.

Chinakohl putzen und in Streifen hobeln.

Möhre schälen und würfeln.

Frühlingszwiebeln putzen und in Ringe schneiden.

Staudensellerie waschen, von den Fäden und Blättern befreien und würfeln.

Mungobohnenkeimlinge unter fließendem Wasser gründlich abspülen und in einem Sieb abtropfen lassen.

Sonnenblumenöl in einer Pfanne erhitzen und den Tofu darin scharf anbraten.

Gemüse (außer Mungobohnenkeimlinge) zufügen und mitdünsten.

Sojasoße und Wasser zufügen, aufkochen und bei schwacher Hitze etwa 10 - 15 Minuten köcheln lassen.

Mungobohnenkeimlinge zufügen, mit Kräutersalz sowie Pfeffer würzen noch weitere 2 - 3 Minuten ziehen lassen.

Kürbis-Kartoffel-Eintopf

Zutaten:
- 200 g Kürbis (Hokkaido)
- 200 g Kartoffeln
- 2 Zwiebeln
- 2 EL frisch gehackte Petersilie
- 200 ml Gemüsebrühe
- 200 ml Sojasahne
- 2 EL gelbe Currypaste
- 1 EL Butter
- 1 - 2 Prisen Zucker
- 1 - 2 Prisen Salz
- 2 - 3 Prisen Pfeffer

Zubereitung:
Kürbis schälen, halbieren, die Kerne entfernen und das Fruchtfleisch in Würfel schneiden.

Kartoffeln schälen und ebenfalls würfeln.

Zwiebeln schälen und fein hacken.

Butter in einem Topf erhitzen und die Zwiebeln darin zusammen mit dem Zucker anschwitzen.

Gemüsebrühe, Kürbis, Kartoffeln sowie Sojasahne zufügen und aufkochen. Currypaste einrühren, mit Salz und Pfeffer würzen und alles etwa 20 Minuten köcheln lassen.

Kürbis-Kartoffel-Eintopf auf Tellern anrichten und mit Petersilie bestreut servieren.

Käsesuppe

Zutaten:
- 200 g vegetarisches Gehacktes
- 1 Stange Lauch
- 200 g weiße Champignons
- 150 g Sahne-Schmelzkäse
- 2 EL Butter
- 200 ml Sojasahne
- 200 ml Gemüsebrühe
- ½ TL Paprikapulver (scharf)
- 1 - 2 Prisen Kräutersalz
- 2 - 3 Prisen Pfeffer

Zubereitung:
Lauch putzen und in Ringe schneiden.

Champignons putzen und in Scheiben schneiden.

Butter in einer Pfanne erhitzen und das vegetarische Gehacktes darin zusammen mit dem Paprikapulver scharf anbraten.

Gemüsebrühe, Sojasahne, Lauch, Champignons und Gehacktes mit Bratsud in einen Topf geben und aufkochen.

Schmelzkäse zufügen, mit Kräutersalz und Pfeffer würzen und solange köcheln lassen, bis sich der Käse aufgelöst hat.

Milchreis-Auflauf

Zutaten:
- 250 g Milchreis
- 1000 ml Milch
- 3 Eier
- 3 EL brauner Zucker
- 300 g Fruchtcocktail (Dose)
- 1 Tütchen Vanillezucker
- Butter für die Form

Zubereitung:
Milchreis mit der Milch nach Packungsangabe zubereiten.

Fruchtcocktail in einem Sieb abtropfen lassen.

Eier trennen. Eiweiß steif schlagen. Eigelb mit dem Vanillezucker schaumig rühren. Dann zusammen mit dem Fruchtcocktail zu dem Milchreis geben. Zum Schluss vorsichtig den Eischnee unterheben.

Masse in eine gebutterte Auflaufform geben und mit braunem Zucker bestreuen.

Im vorgeheizten Backofen bei 200 Grad etwa 20 - 25 Minuten backen. Die Backzeit kann je nach Ofentyp etwas variieren.

Fruchtiges Tofu

Zutaten:
- 300 g Tofu
- 1 Bund Frühlingszwiebeln
- 5 g frischer Ingwer
- 200 g Fruchtcocktail (Dose)
- 3 EL Crème fraîche
- 3 EL Sonnenblumenöl
- 1 - 2 Prisen Salz
- 2 - 3 Prisen Pfeffer

Zubereitung:
Tofu in mundgerechte Stücke schneiden.

Frühlingszwiebeln putzen und in Ringe schneiden.

Ingwer schälen und reiben.

Fruchtcocktail in einem Sieb abtropfen lassen, dabei den Saft auffangen.

Sonnenblumenöl in einer Pfanne erhitzen und den Tofu darin scharf anbraten.

Ingwer und Frühlingszwiebeln zufügen und kurz mitbraten.

Fruchtcocktail und Flüssigkeit zufügen.

Crème fraîche unterheben, mit Salz und Pfeffer würzen und alles bei schwacher Hitze 10 Minuten köcheln lassen.

Ich stehe wieder auf – und das Tag für Tag

Eine Situation, die Sie mit Sicherheit auch kennen: Sie haben sich für den Tag so viel vorgenommen.

Doch bereits beim Aufstehen wird klar, heute wird das nichts.

Und im Grunde ist der Tag schon gelaufen, bevor er begonnen hat.

Der Kopf sagt zwar JA, aber der Körper NEIN.

Für einen MSler normal, denn großartig planen kann man bei dieser heimtückischen Krankheit nicht.

Es ist ein Wechselbad der Gefühle.

Wenn ich dann manchmal mitbekomme, worüber sich manche Mitmenschen beschweren, könnte ich mir die Haare raufen.

Jammern auf hohem Niveau könnte man das auch nennen. Ob die überhaupt wissen, was es bedeutet, aufgrund einer Erkrankung kein geregeltes Leben führen zu können?

Wenn ich nur diese Sorgen hätte, ginge es mir richtig gut, sage ich mir dann immer.

Aber so schlimm auch alles ist, man lernt, damit umzugehen.

Wenn Du meinst, es geht nicht mehr, kommt von irgendwo ein Lichtlein her.

Es gibt immer einen Weg, aus allem etwas Gutes zu machen.

Der Schlüssel dazu: eine positive Einstellung. Was würden Sie tun?

Den Kopf in den Sand stecken oder sich im Schneckenhaus verkriechen?

Eine Option, die für mich ein Fremdwort ist.

Denn es ist völlig klar: Zwingt uns das Leben in die Knie, haben wir die Wahl, liegen zu bleiben oder wieder aufzustehen.

Ich stehe wieder auf – und das Tag für Tag. Und Sie?

Wenn einer eine Reise tut 2

Wieder einmal stand eine Reise an. Dieses Mal sollte es mit den Eltern an die Nordsee gehen. Genauer gesagt: in die Stadt Norden.

Wie Sie inzwischen wissen, muss eine Reise als Rollstuhlfahrer sorgfältig geplant werden, was sich mithilfe bekannter Suchmaschinen im Internet als nicht so schwer herausstellte. Schnell war die passende Unterkunft gefunden. Die hochgeladenen Bilder waren sehr ansprechend. Es wurde darauf hingewiesen, dass der Wohnungsbereich komplett barrierefrei sei und dass es ein behindertengerechtes Badezimmer gebe. Kleines Manko war der Zugang zur Wohnung. Da gab es eine Stufe, aber da die Vermietung netterweise eine Rampe zur Verfügung stellen würde, sollte dies auch kein Problem werden – oder doch? Da alles so überzeugend aussah, wurde kurzer Hand dieses Objekt gebucht.

Auf zur Nordsee
Nun ging es endlich los. Das Gepäck, welches nicht gerade wenig ist, wenn man mit Rollstuhl reist, war irgendwann im Auto verstaut. Natürlich alles unter genauer Beobachtung der lieben Nachbarn. Diese wollten ja nichts verpassen.

Ohne größere Komplikationen erreichten wir unser Ziel und waren guter Dinge. Weil die Wohnung noch nicht bezugsfertig war, machten wir zwischenzeitlich vor Ort eine kurze Stippvisite. Kannten wir diese Gegend doch wie unsere eigene Westentasche, da wir schon seit einer Ewigkeit hierhin verreisten. Dann kam der Anruf, dass das Quartier bezugsfertig war. Also, auf in die Unterkunft. Am Zielort angekommen stellte ich mit großer Freude fest, dass die besagte Rampe bereitstand. Doch beim genauen Hinschauen bemerkte ich, dass es noch eine zweite Stufe gab, die nicht durch die Rampe abgedeckt wurde. Hatte ich Halluzinationen oder war es wirklich so?! Auf den zweiten Blick hatte sich jedoch nichts verändert. Das zweite Hindernis war immer noch da. Und zu hoch, um einfach darüber hinwegzufahren.

Da das Haus eine kleine Terrasse besaß, kam mir die Idee, dort mein Glück zu versuchen. Schließlich musste da auch ein Ausgangsbereich sein. Vielleicht war dieser sogar ebenerdig oder es gab nur eine kleine Stufe. So hätte man dort die Rampe anlegen können. Ein guter Plan, aber Einfall und Realität liegen nicht immer beisammen. Hier auch nicht. Die Rampe ließ sich zwar ohne Weiteres anlegen, aber auch hier gab es genau wie vorne eine zweite Stufe, die zu überwinden war. Für jeden, der die Füße heben kann, natürlich kein Problem, aber für jemanden wie mich, der schon über einen Strohhalm stolpert, ein wirkliches Problem. Nun war guter Rat teuer. Versuchte man sein Glück vorne, wo es jeder sehen konnte, oder im Garten, wo man sich nicht zum Affen machte und dafür sorgte, dass man die Nachbarschaft mit einer akrobatischen Einlage erfreute? Da lag es ja wohl auf der Hand, sich unbemerkt von hinten ins Haus zu quälen.

Mit vereinten Kräften schafften wir es, mich ins Innere zu bekommen. Gestützt an der einen Seite von meinem Vater, mit der anderen Hand an einen Gartenstuhl gekrallt, der seitlich an der anderen Seite stand, bewegte ich meine Füße im Schneckentempo die Rampe hoch. Mit meinem stärkeren linken Fuß konnte ich über die Schwelle treten, den rechten musste meine Mutter beim Anheben unterstützen. Ein Balanceakt, der auch gewaltig hätte schiefgehen können. Nicht schön, aber selten. Und Not macht ja bekanntlich erfinderisch. Ich ließ mich erst einmal in meinen Rolli plumpsen, der zuerst in die Räumlichkeiten gebracht wurde. Was für ein Kraftakt!

Auf den ersten Blick sah das Wohnzimmer genau wie auf den Fotos im Internet aus. Wenn jetzt die anderen Räume, besonders das Badezimmer, auch all das versprachen, was man vorab gesehen hatte, ja dann … dann konnte man über das Problem mit dem Eingangsbereich hinwegsehen. Sehen Sie doch auch so?

Und beim ersten Blick ins Badezimmer machte mein Herz vor Freude Luftsprünge. Griffe an Dusche und Toilette und ein großer Waschbereich. Dieser auch so angelegt, dass man alles im Sitzen betätigen konnte. Juchu, ein Badezimmer nach meinem Geschmack. Ein Hygieneproblem bekamen wir also nicht. Ich setzte meinen Rolli in Bewegung. Das musste ich direkt ausprobieren. Dumm nur von mir, dass ich die Türbreite nicht so genau beachtete. So sehr ich mich auch bemühte, die Tür war zu schmal. Mein Rollstuhl passte nicht durch und immer wieder fuhr ich an den Türrahmen. Egal wie ich es auch versuchte, der Eintritt blieb mir verwehrt. Was nützt das schönste Badezimmer, wenn man es nicht benutzen kann. Es gibt eben Bedürfnisse, die hat jeder und möchte – nein, er muss sie verrichten. Aber wie, wenn man nicht hineinkommt? Dann erst einmal die anderen Räume inspizieren. Aufgeschoben ist zwar nicht aufgehoben, aber vielleicht kam doch noch ein Geistesblitz. Und bei dem Schlafzimmer, welches für mich bestimmt war, war das gleiche Spiel mit der Tür, viel zu schmal. Hatten die hier noch nie etwas von Normgrößen bei Türen gehört. So langsam verzweifelte ich. In das zweite Schlafzimmer konnte ich zwar ohne Probleme hineinfahren, ein Bett hätte ich also gehabt, aber was half das alles, wenn man nicht ins Bad kam. Und es war ja dort nicht nur die Türbreite. War doch von innen hinter der Tür direkt die Heizung angebracht, sodass man sie auch nicht ganz öffnen konnte, da der Heizkörper im Weg war. Hier waren echt Experten am Werk. Da schüttelt man nur den Kopf.

Was nun? Ein zusätzlicher Rollstuhl musste her. Man muss erwähnen, mein fahrbarer Untersatz ist ein E-Fix. Ein Rollstuhl, der mit einem Akku betrieben wird. Diese Fahrgeräte sind grundsätzlich etwas breiter, passen aber durch jede Tür, die Normgröße hat.

Die Hausvermietung wurde kontaktiert und man nannte uns ein Sanitätshaus, wo man Rollstühle mieten konnte. Natürlich musste das aus eigener Tasche bezahlt werden. Vorher wurden beide Türrahmen bis auf den Millimeter ausgemessen. Mein Vater fuhr sofort los, die neue Fahrbereitschaft zu holen, machte sich doch so langsam das Gefühl breit, irgendwann mal diese Örtlichkeit aufzusuchen, um einem gewissen Bedürfnis nachzugehen.

Und wie das so ist, wenn man auf etwas wartet, dauert es zu lang. Egal wie, ich musste auf die Toilette und wie wir schon wissen, macht Not erfinderisch. In diesem Fall auch. Gestützt an der einen Seite von meiner Mutter, auf der anderen einen Küchenstuhl vor mir herschiebend, damit ich nicht das Gleichgewicht verlor oder zur anderen Seite wegknickte, schafften wir es wieder mit akrobatischer Höchstleistung, mich zur Toilette zu bringen. Und so dann auch wieder zurück. Mein Nervenkostüm, welches normalerweise dick wie Drahtseile war, lag am Boden. Ich war den Tränen nah. Erst der Eingang, dann die Türrahmen. Alles war so grausam. Ich wollte nur noch nach Hause und das, wo der Urlaub noch gar nicht richtig angefangen hatte. Meine Stimmung verbesserte sich auch nicht, als mein neuer fahrbarer Untersatz kam. Ein kleiner Tipp an die Vermietung. Wenn eine Wohnung als rollstuhltauglich angeboten wird, macht man mehr Angaben. Denn ob ihr es glaubt oder nicht, nicht jeder Rollstuhl ist gleich breit, ganz abgesehen von dem Eingangsbereich. Wenn eine Rampe, dann über alle Stufen. Mitdenken ist angesagt oder jemand fragen, der selbst eingeschränkt ist. Wir wissen nämlich sehr gut, worauf geachtet werden muss. Werden wir doch täglich damit konfrontiert, welche Einbußen wir einstecken müssen.

Nicht, dass Sie jetzt glauben, die Wohnung war schlecht. Sie war wunderschön und mit viel Liebe zum Detail eingerichtet, aber eben nicht so ohne Weiteres für Menschen mit Rollstuhl zu nutzen. Und da liegt auch das Problem. Der eine Rollifahrer kann noch etwas laufen, der andere nicht. Aber wenn man etwas ausschreibt, das für bestimmte Gruppen geeignet sein soll, muss man daran denken, dass auch die Personen mit einbezogen werden, die nicht oder kaum mehr mobil sind.

Abends ging es dann noch zum Essen. Natürlich wieder mit einer Turneinlage aus dem Haus. Wie beim Hineinkommen, eben nur anders herum. Und der Gedanke daran, es die nächsten Tage immer wieder machen zu müssen, ließ meine Stimmung nicht steigen. Das Problem Schlafzimmer und Bad war zwar gelöst, aber ohne Hilfe ging es nicht hinein oder hinaus. Ganz abgesehen von der körperlichen und nervlichen Belastung, die solche Dinge mit sich bringen. Ist ein Urlaub nicht dazu da, neue Kraft zu tanken? Da kann man zu Hause noch so viel Krankengymnastik machen und trainieren, dies ist etwas ganz anderes. Diesen Tag konnte ich ganz klar abhaken, aber etwas Gutes hatte er auch, viel schlimmer konnte es nicht mehr kommen.

Tag 2 – mit frischem Mut voran
Die Nacht war nicht die Beste. War doch so viel zu verdauen, aber da die Sonne bereits am frühen Morgen lachte, ließ ich mich von der guten Stimmung anstecken. Wir wollten auswärts frühstücken. Da war der Kampf aus der Wohnung natürlich wieder ein Fall für sich. Aber das war ja jetzt die nächsten Tage immer so, also Augen zu und durch.

Nach einem sehr guten und ausgiebigen Frühstück machten wir uns gut gestärkt erst einmal zu einer Touristeninformation auf. Brauchte man doch Angaben, wo man auch draußen Örtlichkeiten für Rollifahrer finden konnte. Wir können leider nicht mal eben hinter einen Busch hüpfen. Hinzu kommt, dass dies nicht erlaubt ist. Der gute Herr an der Info beherrschte seinen Job. Wir wurden mit Karten ausgestattet, wo man Parken und ... Sie wissen schon, bestimmte andere Orte aufsuchen konnte.

Und ein paar Insidertipps erhielten wir auch noch – na, geht doch, wenn jemand am Werk ist, der Ahnung davon hat, was er macht.

So verbrachten wir den gesamten Tag bei wunderbarem Wetter draußen und langsam kam auch bei mir etwas Urlaubsstimmung auf.

Jedoch war leider immer im Kopf: „Nachher musst du dich wieder in die Wohnung kämpfen und am nächsten Morgen wieder hinaus." Ich versuchte, dieses Kopfkino so weit wie möglich in die hinterste Ecke des Kopfes zu verbannen, und machte mir erst wieder Gedanken darum, wenn ich in direkter Konfrontation damit war. Irgendwie musste sich die Schinderei zu Hause mit der Krankengymnastik doch auszahlen. Wenn nicht jetzt und hier, wann dann?

Tag 3 – von mir mit großer Freude erwartet

Heute hatten wir ein straffes Programm. Am Vormittag schauten wir uns bei traumhaften Wetterbedingungen einige Sehenswürdigkeiten an, die wir zwar schon als alte Nordseehasen kannten, aber schon länger nicht besichtigt hatten. Hatten sie uns doch in der Vergangenheit so begeistert. Und man kann es nicht glauben, alles lief ohne Komplikationen.

So toll auch der Vormittag war, fieberte ich aber einem Zeitpunkt entgegen, auf den ich mich schon so lange freute.

Durfte ich doch heute einen lieben Menschen kennenlernen, der hier lebt, wo wir Urlaub machten, und den ich nur vom Telefon und Internet kannte. Eine liebe Autorenfreundin, die mir sehr ans Herz gewachsen war. Und nun sollte ich sie endlich persönlich treffen. War sie wirklich, wie sie auf den Bildern aussah? War sie so nett, wie sie am Telefon klang? Fragen, die man sich natürlich stellt, aber mich nicht zum Grübeln anstifteten.

Meine Eltern und ich warteten am verabredeten Ort und da kam sie auch schon angeradelt. Wer schon einmal an der Nordsee war, weiß, dass hier fast alles mit dem Fahrrad erledigt wird. Natürlich auch von ihr als richtiges Nordlicht.

Meine Eltern wurden dann verbannt. Sie durften nun auch mal alleine etwas unternehmen. Sind ja schon groß genug dafür und ohne Anhängsel ist es für sie bestimmt auch mal schön.

Wir Mädels setzten uns zusammen in ein Café und dann wurde erzählt. Hatte man doch so viele Fragen an das Gegenüber. Schließlich wollte man die Person besser kennenlernen und das Bild bestätigt haben, welches man sich vorher schon im Kopf gemalt und zurechtgelegt hatte. Man muss nicht erwähnen, wenn zwei Autoren aufeinandertreffen, dass sich viel um Bücher dreht. In diesem Fall besonders. Kamen wir doch aus unterschiedlichen Genres und das machte neugierig. Aber natürlich wollte man weitaus mehr wissen. Wer war der Mensch gegenüber wirklich? Was machte er? Wie lebte er? Und dabei verging die Zeit wie im Flug und schon musste wieder Tschüss gesagt werden. Für mich mit einem lachenden und weinenden Auge.

Ich hatte einen Menschen kennengelernt, der mir jetzt noch mehr ans Herz gewachsen war und nun musste ich ihn schon wieder loslassen. Aber ich wusste genau, es war nur ein Abschied auf Zeit, da die Nordsee unser zweites Zuhause war. So lange ich zurückdenken kann, haben wir hier als Familie Urlaub gemacht. Von Kindesbeinen bis jetzt und es musste schon mit dem Teufel zugehen, wenn sich das änderte. So war ich mir sicher, wir sehen uns irgendwann wieder. Warum müssen einige Menschen, die neu in unser Leben treten, immer so weit weg wohnen? Aber das hat auch etwas Gutes. Weiß man doch, man hat für die Zukunft wieder etwas, auf das man sich freuen kann. Und jeder weiß, Vorfreude ist die schönste Freude und es ist etwas, vorauf es sich lohnt zu warten. Ein positiver Gedanke und besonders für einen MSler wie mich. Die Frage war nur ´Wann?`. Und auch wenn es am nächsten Tag auf unsere Lieblingsinsel ging, stand für mich schon jetzt fest, dieses Treffen war das Highlight des Urlaubes, da konnte noch kommen, was wollte. Das war nicht zu überbieten. Danke, meine Liebe, für diesen unvergesslichen Nachmittag.

Tag 4 – Besuch unserer Lieblingsinsel
Der letzte Urlaubstag stand an. Den wollten wir nutzen, unserer Lieblingsinsel Norderney einen Besuch abzustatten.

Bei perfektem Wetter ging es morgens schon früh los. Wollten wir doch so viel wie möglich von dem Tag haben. Poseidon war positiv gestimmt. Die See war ruhig und so erreichten wir, ohne ungewollt die Fische zu füttern, die Insel.

Nun wurden die lieb gewonnenen und vertrauten Orte aufgesucht, die wir unterdessen wie unsere Westentasche kannten. Sogar mein Rollstuhl durfte mit seinen Rädern ins kühle Nass. War es doch für ihn das erste Mal, dass er auf Norderney war. Da war es natürlich selbstverständlich, dass er ein wenig baden durfte. Mit dieser Aktion taten wir auch etwas zur Belustigung anderer Besucher auf der Promenade. Anscheinend kam es bisher noch nicht vor, dass ein Rollifahrer eine Steinrampe, die eigentlich für Arbeitsschiffe ist, um darüber Arbeitsgeräte auf die Insel zu bringen, herunterfährt und seinen fahrbaren Untersatz ins ablaufende Wasser stellt. Aber warum nicht? Es gab nur ein Schild mit der Aufschrift ´Betreten auf eigene Gefahr`. Und wenn man jetzt mal etwas mit den Wörtern spielt, habe ich nichts Verbotenes getan. Ich habe die Rampe nicht betreten, sondern befahren. Und ich wusste schon was ich da tat, also alles kein Problem.

Leider war dieser Tag ebenfalls viel zu schnell vorbei. Da wir die Insel auch nur mit einem Schiff verlassen konnten, fuhren wir mit der letzten Fähre. Zum Schwimmen wäre es eindeutig zu weit gewesen.

Ein paar Worte zum Schluss
Nun waren die Urlaubstage schon wieder vorbei. Ein wunderbarer Urlaub, der aber auch einen etwas faden Beigeschmack hatte. Dinge, auf die man beim nächsten Mal noch mehr achten musste, wollte man als gehandicapter Mensch weiter am realen Leben teilnehmen. Man muss halt für andere Mitmenschen mitdenken. Woher sollen sie auch wissen, was für Bedürfnisse Menschen mit Einschränkungen haben. Sind es doch Sachen, die in ihrem Leben keine Probleme bereiten, für uns aber Dinge sind, die den Alltag sehr erschweren.

Fakt ist, man bewegt sich auf einem sehr schmalen Grat, der nur verbreitert werden kann, wenn man versucht mitzudenken. Sicher es ist nicht leicht, aber wenn man es versucht, klappt es. Hier scheitert es meist am WOLLEN. Ist es doch so viel einfacher, wenn man nur an sich denkt. Wen interessieren schon andere?

Aber dennoch, für mich wieder tolle Tage, an die ich mich lange zurückerinnern werde und die mir zeigen, du lebst und nimmst mit, was kommt. Erlebnisse, die in guter Erinnerung bleiben und mir immer wieder sagen, lebe dein Leben jetzt, als wenn es der letzte Tag wäre.

Ich kann jedem nur raten, verbringt mal einen Tag mit einem gehandicapten Menschen, vorausgesetzt es interessiert und man möchte verstehen. Glauben Sie mir, Sie werden viele Dinge, die für Sie selbstverständlich sind, mit ganz anderen Augen sehen.

Öffentliche Verkehrsmittel

Auch eine Fahrt mit öffentlichen Verkehrsmitteln kann lustig werden. Bei uns fahren fast ausschließlich Fahrzeuge mit geringer Einstiegshöhe. Der Zustieg ist meist mithilfe einer klappbaren Rampe möglich. Dafür muss der Busfahrer aber aussteigen. Eigentlich alles kein Problem. Aber es kommt schon mal vor, dass der Busfahrer sich dessen nicht bewusst ist. Deshalb jetzt hier mal ein Erlebnis.

Ich steh also an der Bushaltestelle. Der Bus kommt auch, sogar pünktlich, aber nichts passiert. Die Tür geht zwar auf, aber der Fahrer macht keine Anstalten herauszukommen. Irgendwann steckt er dann doch den Kopf heraus und fragt: „Möchten Sie mitfahren?"

„Äh nein, ich stehe hier, um mir Busse anzuschauen", war meine Antwort. Damit habe ich ihn dann wohl so richtig verwirrt. Er schloss seine Tür und war im Begriff weiterzufahren. Dann ging die Tür erneut auf, man sah die Rauchschwaden an seinem Kopf und er fragte: „Meinen Sie das ernst?"

„Wieso steht jemand an der Bushaltestelle?", frage ich Sie jetzt, verehrte Leser. Doch bestimmt nicht, um sich Busse anzuschauen, denn so schön sind sie nun wirklich nicht. Naja, es hätte schlimmer kommen können und ein nettes Pläuschchen ist manchmal auch ganz okay.

Ich muss zugeben, dass ich, wenn es sich vermeiden lässt, nicht Bus fahre. Ist man dann z.B. unterwegs, kann das auch recht aufregend werden. Da Busfahrerinnen und Busfahrer immer unter Zeitdruck sind, um ihren Fahrplan einzuhalten, fahren einige auch dementsprechend. Vielleicht wäre da der Beruf Rennfahrer besser. Da kann es dann auch vorkommen, wenn stark gebremst wird, dass man fast aus dem Rollstuhl fällt oder eine Rentnerin mit ihrem Rollator Flugstunden nimmt. Aber was soll´s. Ist ja nur eine Randgruppe der Fahrgäste.

Klar, diese Personengruppe hat einen anstrengenden Job. Dazu kommen nörgelnde Passagiere, straffe Zeitpläne und dadurch bedingt kurze oder überhaupt keine Pausen. Und dann sind da noch die mit dem Rollstuhl, die je nachdem auch noch Hilfe brauchen. Da kann man dann an die Grenzen kommen. Aber wie bei allem darf man hier nicht alle über einen Kamm scheren. Es gibt auch wirklich achtsame Busfahrer und man will ja auch keine Sonderbehandlung. Und auch andere Fahrgäste scheuen sich nicht, von alleine aufzustehen, um wie schon erwähnt, besagte Rampe herunterzulassen, wenn der Busfahrer der Meinung ist, man macht nur an der Haltestelle

'BUSWATCHING'. Es gibt die, die noch mitdenken, auch wenn das eine aussterbende Spezies ist.

Ich für meinen Teil fahre mittlerweile lieber mit einem Fahrdienst, der mich vor der eigenen Haustür abholt und auch da wieder abliefert. Somit muss man auch keine Angst haben, wenn man mal im Dunklen unterwegs ist. Denn was teilweise für Gestalten an Bushaltestellen, gerade abends, herumlaufen, ist schon grenzwertig. Da muss man keine Bekanntschaft mit machen.

Oh wie schön, ein neuer Rolli

Wie schon erwähnt, bin ich komplett auf den Rollstuhl angewiesen. Drinnen wie draußen. Nun war es an der Zeit, dass mein E-Fix in der Farbe Flamingo-Glitter wirklich in Rente musste. Eine typische Mädchenfarbe. Rosa mit Glitter drin, der, wenn die Sonne drauf schien, funkelte. Naja, man muss ja auffallen und wenn es nur von der Farbe her ist. Normal kann jeder.

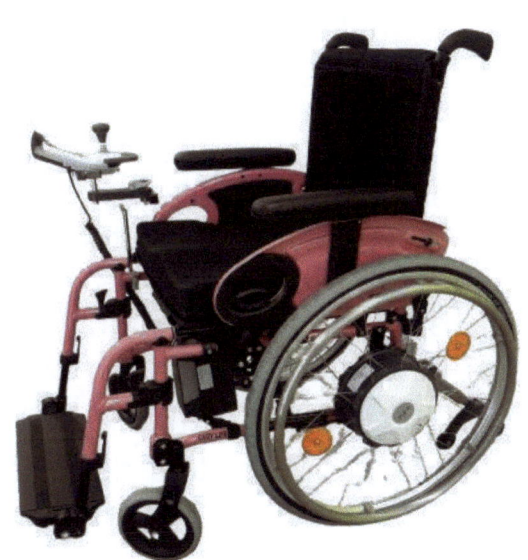

Pflichtbewusst wie man ist, stellt man erst einen Antrag auf einen neuen fahrbaren Untersatz, wenn die Zeit gekommen ist. Eine Faustregel besagt, dass man einen manuellen Rollstuhl alle fünf Jahre, einen Elektrorollstuhl alle zehn Jahre neu beantragen kann. Eine Regel, die aber nicht immer zwingend zutrifft. Und natürlich muss ein neuer Antrag her, der gut begründet ist.

So wurde ein Schreiben an die Krankenkasse aufgesetzt und bis ins Kleinste erklärt, warum ein neues Gefährt hermusste.

Wie schon erwähnt hatte mein Flamingo-Glitter wirklich seine Dienste getan. Es wurden auch schon zahlreiche Reparaturen an ihm durchgeführt. Richtig sicher war er auch nicht mehr. Ja, ich weiß, ich verlange meinem Rolli viel ab, bin viel unterwegs, bei Wind und Wetter, fahre über Stock und Stein, bin im Wald unterwegs, aber das muss er abkönnen. Er ersetzt meine Beine und sorgt dafür, dass ich noch am realen Leben teilnehmen kann. Aber irgendwann muss jedes noch so gute Rennpferd in Rente.

Das sah der Sachbearbeiter der Krankenkasse allerdings nicht so und wie erwartet kam erstmal eine Ablehnung. Obwohl darauf hingewiesen wurde, dass dieser Rollstuhl nicht mehr sicher war. Aber das war anscheinend kein triftiger Grund. Also wurde ein Widerspruch verfasst und all sein Frust über die Ablehnung hineingeschrieben, jedoch höflich und freundlich, aber sehr bestimmend und aussagekräftig. Schließlich hatte man schon Erfahrung damit. Sollte es nicht im Sinn der Krankenkasse sein, dass ein Versicherter die bestmögliche Versorgung erhält und dass dafür Sorge getragen wird, dass noch etwas Selbstständigkeit/Lebensqualität erhalten bleibt? Aber leider geht es nur ums Geld und der Mensch zählt überhaupt nicht.

Nun hieß es wieder … warten. Dann kam der Brief der Krankenkasse. Mit gemischten Gefühlen öffnete ich ihn und hätte ich springen können, hätte ich es getan. Ein neuer Rollstuhl war genehmigt. Anscheinend gibt es doch noch Menschen, die erkennen, wann Handlungsbedarf ist.

Dann ging alles schnell. War das eine Freude, als das Sanitätshaus meinen neuen Rolli brachte. Jetzt mache ich die Gegend mit einem Elektrorollstuhl mit dem Namen Quickie Q 200 R unsicher. Farblich nicht so schick wie mein Flamingo-Glitter, da er komplett schwarz ist. Jedoch ist mein Steuerknopf ein gelber Golfball, damit auch jeder weiß, dass das mein Schätzchen ist. Von der Leistung ist er gegenüber seinem Vorgänger einfach spitze. Er schafft mehr Kilometer und ist absolut robust und sicher. Also genau richtig für mich, da er wirklich viel leisten muss. Wir werden bestimmt noch viel Freude miteinander haben.

Kleiner Denkanstoß

Es ist als gehandicapter Mensch da draußen nicht leicht, da wir mit unserer eigenen Situation schon genug zu tun haben.

Es ist nicht schön, wenn Ihr auf Parkplätzen parkt, die für uns reserviert sind, nur weil Ihr zu faul seid, zwei Meter weiterzulaufen. Ist das so schwer zu verstehen? Glaubt mir, jeder von uns würde sofort mit Euch tauschen und einen großen Fußmarsch in Kauf nehmen, um an sein Ziel zu kommen.

Also denkt einfach mal vorher nach, bevor Ihr handelt und versucht Euch etwas in unsere Lage zu versetzen.

Nehmt uns so wie wir sind, lasst uns am Leben teilnehmen und alles wird bestens funktionieren.

Der orangene Blitz

Hier zum Abschluss noch eine kleine Geschichte, die wirklich so passiert ist und zeigt, dass Kinder keinerlei Berührungsprobleme mit gehandicapten Menschen haben. Würden doch auch einige Erwachsene so denken.

Der orangene Blitz
Nun war er endlich da, mein orangener Blitz. Sicher fragen Sie sich jetzt: Was ist ein orangener Blitz? Das ist nicht schwer zu erklären. Der orangene Blitz ist mein neuer Rolli (das war mein erster elektrischer Rollstuhl), auf den ich schon sehnlichst gewartet hatte. Mein altes Schätzchen musste leider die Segel streichen, da es sehr in die Jahre gekommen war.

War das eine Freude, als die Krankenkasse das Okay gab! Dann sollte es natürlich ein besonderes Gefährt sein. Wenn man schon auf den Rollstuhl angewiesen ist, sollte der fahrbare Untersatz ein Hingucker sein. Das war klar. Und so kam ich zu meinem orangenen Blitz. Ein Rollstuhl mit Batterie, ein E-Fix, der abging wie die Post, da er erheblich leichter war als sein Vorgänger. Und dann noch die grell leuchtende Farbe! Sie stach sofort ins Auge, und ich war mächtig stolz auf ihn, wenn man überhaupt auf einen Rollstuhl stolz sein kann. Ich muss nicht erwähnen, dass das Leben als Gehandicapter in der großen, weiten Welt nicht immer so leicht ist, aber er ermöglicht mir, am realen Leben teilzunehmen.

So machte ich nun unsere Gegend mit meinem Rennwagen unsicher, was der ein oder andere Passant nicht gerade lustig fand, wenn ich an ihm vorbeiflitzte. Man kann sich aber auch anstellen! Und welche Leute waren es, die immer motzten? Natürlich Erwachsene! Mein fahrbarer Untersatz hat zwar eine Hupe, aber hätte ich die benutzt, wäre ich noch schuld daran gewesen, wenn jemand einen Herzinfarkt bekommen hätte. Nein, das wollte ich nicht, also grinste ich die Leute einfach höflich an und tat so, als wenn nichts gewesen wäre.

Dann traf ich aber auf einen Menschen, der meinen Rolli genauso toll fand wie ich und überhaupt keine Berührungsängste damit hatte.

An einem schönen Sonntagnachmittag war ich auf dem nahegelegenen Wanderweg, von den Einheimischen liebevoll Rentnerschnellweg genannt, unterwegs. Das Wetter war einfach traumhaft, und deshalb nutzte ich die Gelegenheit, meinem Rollstuhl und mir etwas frische Luft zu gönnen. Leider dachten viele andere Menschen auch so. Es war reger Verkehr, und ich musste wirklich aufpassen, niemandem über die Füße zu fahren. Auch hier durfte ich mir wieder strafende Blicke entgegenwerfen lassen, wenn ich und der böse Rollstuhl jemandem zu nahe kamen.

Ich machte einen kleinen Zwischenstopp an einer Bank, als auf einmal ein kleines Mädchen mit ihrem Opa vor mir stand. Die zwei kamen mir irgendwie bekannt vor. War das nicht der Herr, der sich vorhin beschwert hatte, weil ich zu dicht an ihm vorbeigefahren war? So sieht man sich wieder!

Mit großen Augen musterte mich die Kleine. Wie Kinder so sind, wollte sie natürlich sofort wissen, warum ich in diesem Ding saß. Ich versuchte es ihr so kindgerecht wie möglich zu erklären. Ihr Kommentar war nur: „Ach so", und damit war die Sache für sie erledigt. Kein Wieso, Warum, Weshalb. Würden die Erwachsen doch auch einmal so einfach denken und nicht alles hinterfragen! Schließlich sucht sich so etwas keiner selbst aus.

Der ältere Herr wollte sein Enkelkind gerade zum Gehen animieren, als die Lütte, ihr Name war Pia, mich fragte: „Darf ich auch mal fahren?"

Ihr Opa wurde puterrot und wäre am liebsten im Erdboden versunken. Ich musste schmunzeln. „Komm, wir müssen gehen", sagte er zu ihr und zerrte an ihrem Arm, aber das Kind bewegte sich nicht vom Fleck.

„Opa, ich möchte auch mal so flitzen! Hast du gesehen, wie schnell sie an uns vorbeigesaust ist?

Das macht bestimmt Spaß! Und dann ist er auch noch orange, meine Lieblingsfarbe."

„Ja, das hat dein Opa gesehen", dachte ich mir. „Deshalb musste er auch eine unqualifizierte Bemerkung ablassen."

Er wollte gerade etwas sagen, da schnappte ich mir Pia und setzte sie auf meinen Schoß. Nun machte ihr Großvater große Augen und bekam kein Wort mehr heraus. Damit hatte er nicht gerechnet. Ich legte ihre Hand auf die Steuerung des E-Fix, meine Hand darüber, und schon ging die Fahrt los.

„Schneller, schneller", rief Pia und strahlte über das ganze Gesicht. Ich zeigte ihr die Hupe, und sie hatte einen Heidenspaß dabei, jedes Mal auf den Knopf zu drücken, wenn wir Leute überholten. Sie war völlig aus dem Häuschen. Ich habe noch nie so ein glückliches Kind gesehen.

Und komischerweise fanden die Spaziergänger das jetzt auch nicht mehr schlimm. Kommentare wie: „Schau mal, die Kleine, was die für einen Spaß hat!" oder „Das ist ja toll!", waren zu hören. Erstaunlich, wie rasch man seine Meinung ändern kann.

Als wir wieder bei ihrem Opa waren, strahlte sie über das ganze Gesicht. „Opa, Opa, das war so toll! Warum hast du vorhin geschimpft? War doch überhaupt nicht schlimm!" Den Mut, darauf zu antworten, hatte er nicht.

Für mich und Pia war das ein wunderbares Erlebnis. Dieses unbekümmerte, kleine Mädchen! Sie sah nur den Menschen in mir, nicht den Behinderten. Ich kann mich nur wiederholen: Warum denken Erwachsene oft so kompliziert?

Hin und wieder treffe ich meine kleine Freundin. Dann drehen wir immer eine Runde mit dem orangenen Blitz und haben gemeinsam Spaß.

Anmerkung:
Der orangener Blitz war der 1. Elektrische Rollstuhl, dann kam Flamingo Glitter und zur Zeit fahre ich den schwarzen Quickie. Mal schauen wie dann Nr. 4 aussieht.

Machtvoll
Unberechenbar
Lebenslänglich
Tückisch
Individuell
Permanent
Leidensweg
Einschränkung

Schock
Kampf
Launenhaft
Eigensinnig
Rücksichtlos
Ohnmächtig
Schicksalsschlag
Endlos

Buchtipp mit Leseprobe

Willkommen zu Hause, Amy
Teil 1 und 2

Britta Kummer

„Willkommen zu Hause, Amy" ist eine wundervolle Familiengeschichte, die von Zuversicht, Mut, Liebe und dem Glauben an die eigene Kraft handelt.

Seit Amy denken kann, lebt sie im Heim. Ihre Mutter hat sie weggegeben, weil das Mädchen wegen einer Muskelschwäche körperbehindert ist.

Im Heim hat Amy aufgrund ihres Handicaps kein leichtes Leben. Sie wird von den Kindern gehänselt und drangsaliert. Ihr einziger Freund ist Mischlingshund Max, der sie auf Schritt und Tritt begleitet.

Erst nach Jahren erfährt Amy Mitgefühl, denn Mary, eine Freundin der Heimleiterin, holt sie zu sich auf die Farm. Eigentlich könnte sie glücklich sein, jetzt, wo ihr Traum von einer liebevollen Familie doch noch in Erfüllung geht. Aber dem steht ein großes Hindernis im Weg: Sie kann einfach nicht vertrauen! Doch schon bald stellt sich heraus, dass sie auf der Farm nicht die Einzige ist, die ihr Vertrauen verloren hat ...

Das Buch ist illustriert von der Künstlerin Karina Pfolz, sodass der Leser noch mehr in Amys Welt eintauchen kann.

Taschenbuch: 216 Seiten
ISBN-13: 978-3756898398
Auch als E-Book erhältlich!

Leseprobe:
Mein Name ist Amy. Ich bin eine junge Frau, gerade mal neunzehn Jahre alt, und kenne nicht viel vom Leben. Seit ich mich erinnern kann, habe ich in einem Heim gelebt. Meine leibliche Mutter hat mich mit drei Jahren weggegeben, weil sie damit nicht klarkam, dass ich behindert war: Die Ärzte hatten bei mir eine Muskelschwäche in den Beinen festgestellt.

Um es vorwegzunehmen: Es ist eine Krankheit, die mich heute größtenteils an den Rollstuhl fesselt. Einige Schritte kann ich zwar ohne Rollstuhl laufen, aber das nur mit Hilfe, das heißt, jemand muss mich festhalten und stützen. Die Aussicht auf ein Leben mit einem behinderten Kind war für sie unerträglich, und so gab sie mich fort.

Das Einzige, was mich an sie erinnerte, war eine Kette mit einem Anhänger in Form eines Kreuzes, das mit Steinen besetzt war. Seit ich denken konnte, trug ich diese Kette. Allerdings bedeutete mir der Anhänger nicht sehr viel; ich fand ihn einfach schön

– eine Verbindung zu meiner Mutter spürte ich dadurch nicht.

Wie ihr euch sicher vorstellen könnt, ist das Leben in einem Heim nicht gerade leicht, vor allem, wenn man noch durch eine Behinderung eingeschränkt ist. Die anderen Kinder hackten auf mir herum und ließen es sich nicht nehmen, mich zu ärgern und zu quälen. Warum sie das taten, weiß ich nicht; vermutlich machte es ihnen einfach Spaß, weil ich mich wegen meiner körperlichen Einschränkung nicht wehren konnte. Und sie machten sich über meine Behinderung lustig. Ich war wohl ein gefundenes Fressen für sie; endlich hatten sie jemanden, an dem sie all ihre Wut und ihren Schmerz darüber, dass sie keine Eltern hatten, auslassen konnten. Glücklich war ja keiner hier, und so suchte sich jeder einen noch Unglücklicheren, an dem er seine Ängste austoben konnte – und da kam ich gerade recht.

Die Schwestern waren mit der Situation überfordert und hielten sich aus der Sache heraus. Sie ignorierten es einfach, dass einem ihrer Schützlinge Leid zugefügt wurde. Ich fragte mich immer, wie sie in einen Spiegel schauen konnten, ohne sich schlecht zu fühlen.

Selbst nachts kam ich nicht zur Ruhe, denn es war inzwischen ein Riesenspaß für die anderen, mich zu dieser Zeit in meinem Zimmer zu besuchen. Und ich kann euch sagen: Eine Meute von Menschen, die nur Hass im Herzen hat, kommt auf die tollsten Ideen. So kam es, dass ich von den nächtlichen Besuchen der anderen regelmäßig Verletzungen davontrug. Es interessierte niemanden, wenn ich mit blauen Flecken oder kleineren Platzwunden am Kopf zum Frühstück kam, sie schauten einfach darüber hinweg. Vor lauter Angst ließ ich nachts das Licht an. Ich hoffte, dass man mich in Ruhe ließ, wenn sie glaubten, ich sei noch wach. Erst klappte das auch, aber mit der Zeit bekamen sie heraus, dass es eben nur ein Trick war, und alles ging weiter wie bisher.

Ich zog mich immer mehr in meine eigene Welt zurück und ließ nichts und niemanden mehr an mich heran. Ich baute eine hohe Mauer um mich und stumpfte in der Einsamkeit immer mehr ab. Gefühle ließ ich nicht mehr zu. Ich wurde kalt wie ein Stein und ließ die Demütigungen einfach an mir abprallen.

Ich wuchs zu einer jungen Frau heran, der inzwischen alles egal war, was um sie herum geschah. Mein Leben war nur noch ein Albtraum, von dem ich nicht wusste, wie lange ich ihn weiterhin aushalten konnte. Ich hatte keine Freunde, keiner war für mich da. Es gab keinen Menschen, dem ich meine Probleme erzählen konnte, und so stumpfte ich immer mehr ab.

Mein Verhalten änderte sich auch nicht, als die alte Heimleiterin durch eine neue ersetzt wurde. Die war ganz anders. Sie ging dazwischen, wenn ich wieder einmal gequält wurde. Sie redete mit mir und versuchte zu helfen. Auch verbrachte sie viel Zeit mit mir, fuhr mich regelmäßig nachmittags mit meinem Rollstuhl nach draußen, und wir machten ausgedehnte Spaziergänge. Aber ich ignorierte sie. Die Mauer um mich herum war inzwischen so hoch, dass überhaupt nichts mehr an mich herankam. Sie ließ nicht locker, aber alle ihre Bemühungen waren vergebens; sie konnte mich nicht erreichen.

Auf einem unserer Spaziergänge erzählte sie mir von ihrer Freundin Mary, die mit ihrer Familie und vielen Tieren auf einer Farm lebte. Mary hatte eine Tochter, die im Rollstuhl saß. Sie war durch einen Reitunfall gelähmt. Die Familie hatte die ganze Farm rollstuhlgerecht umgebaut und ihrer Tochter damit ermöglicht, weiterhin auf der Farm leben zu können.

Ich wusste nicht, warum sie mir diese Geschichte erzählte. Vielleicht wollte sie mir Mut damit machen, dass es draußen noch Leute gab, denen andere Menschen mit Einschränkungen nicht egal waren, aber was sollte das schon an meinem Leben ändern? Ich war mir sicher, dass hier sicherlich keine Person kam, um eine Behinderte zu adoptieren. Es gab genügend andere, da suchte man sich bestimmt keinen Menschen mit einem körperlichen Handicap aus...
© Britta Kummer

Illustrationen
Willkommen zu Hause, Amy Teil 1 und 2
ISBN: 978-3-7568-9839-8
von Karina Pfolz

Autorenprofil

Britta Kummer wurde 1970 in Hagen (NRW) geboren. Heute lebt sie im schönen Ennepetal und ist gelernte Versicherungskauffrau.

Die Freude am Schreiben hat sie im Jahre 2007 entdeckt und seit dieser Zeit bestimmt es ihr Leben.

Sie schreibt Kinder-, Jugend- und Kochbücher.

Weitere Informationen finden Sie unter:
http://brittasbuecher.jimdofree.com/

Bücher der Autorin:

Malbuch für Senioren, ISBN: 978-3758342707
Rätsel-, Mal- und Lesespaß für Kinder, ISBN: 978-3-7597-4294-0
Sirikit - die verrückte Traberstute, ISBN: 978-3-7597-0299-9
Mal- und Rätselspaß mit Mäuserich Finn, ISBN: 978-3-7583-3169-5
Nepomucks und Finns Schlemmerbalkon, ISBN: 978-3-7578-5446-1
Nepomuck und Finn: Abenteuer in Norwegen, ISBN: 978-3-7562-3240-6
Nepomucks und Finns Backstube, ISBN: 978-3-7543-7358-3
Nepomuck und Finn: Mission Umweltschutz, ISBN: 978-3-7519-9747-8
Ostern mit Nepomuck und Finn, ISBN: 978-3-7504-0772-5
Weihnachten mit Nepomuck und Finn, ISBN: 978-3-7448-9014-4
Neue Abenteuer mit Nepomuck und Finn, ISBN: 978-3-7494-5428-0
Willkommen zu Hause, Amy Teil 1 und 2, ISBN: 978-3-7568-9839-8
Pferde erzählen, ISBN: 978-3-9611-1618-8
Zacs großes Abenteuer, 978-3-7583-1073-7
Kochspaß mit Mäuserich Finn, ISBN: 978-3-7568-5528-5
Die Abenteuer des kleinen Finn - eine spannende Mäusegeschichte für die ganze Familie, ISBN: 978-3-7534-9967-3
Kummers Kindergeschichten, ISBN: 978-3-7386-0100-8
Kummers Kindergeschichten 2, ISBN: 978-3-7392-3824-1
Kleine Mutmachgeschichten, ISBN: 978-3-9030-5644-2
Gedankenkarussell – Eine literarische Reise, ISBN: 978-3-7392-4553-9
Oh Du schöne Advents- und Weihnachtszeit, ISBN: 978-3-7597-3639-0
Weihnachtsgeschichten ... und noch mehr, ISBN: 978-3-7386-4553-8
Happy Halloween - Kulinarischer und literarischer Gruselspaß:
ISBN: 978-3-7578-2686-4
Kummers süße Verführungen, ISBN: 978-3-7562-2368-8
Kummers vegetarische Köstlichkeiten – einfach nur lecker,
ISBN: 978-3-7562-0691-9
Vegetarisches Grillvergnügen – so einfach geht's,
ISBN: 978-3-7526-8395-0
Köstlich vegetarisch - Meine Lieblingsgerichte ISBN: 978-3-7519-9382-1
Vegetarisch für die ganze Familie, ISBN: 978-3-7448-9344-2
Kummers Suppentöpfchen, ISBN: 978-3-7386-1124-3
Kummers Schlemmerkochbuch - das etwas andere Kochbuch!,
ISBN: 978-3-7534-4391-1
Vegetarische Weltreise, ISBN: 978-3-7528-3915-9
Aufläufe und Gratins – Vegetarische Köstlichkeiten aus dem Backofen
[Kindle Edition], ASIN: B0CZV2VY8W
Vegetarisch für Jedermann 2 [Kindle Edition], ASIN: B0CL9RJ9NP

Vegetarisch für Jedermann [Kindle Edition], ASIN: B079YGP512
LIES MICH ! - Leseproben aus tollen Kinderbüchern [Kindle Edition],
ASIN: B096YZ5VDN
KOCH MICH ! – Rezeptideen aus Kochbüchern und brandneue Rezepte,
[Kindle Edition], ASIN: 0BLQJCBNV

**„Wenn es einen Glauben gibt,
der Berge versetzen kann,
so ist es der Glaube an die eigene Kraft."**

Marie von Ebner-Eschenbach

Danke

Der größte Dank geht an meine Eltern, weil sie immer für mich der Fels in der Brandung sind und mir helfen, all meine Höhen und Tiefen zu überwinden.

An meine Freunde, die immer da sind, wenn ich mal eine starke Schulter zum Anlehnen, zum Zuhören, zum Trösten, zum Weinen, aber auch zum Lachen, brauche.

An meine Autorenfreunde
Heidi Dahlsen
http://autorin-heidi-dahlsen.jimdofree.com/

Christine Erdiç
http://christineerdic.jimdofree.com/
https://literatur-reisetipps.blogspot.de/

für ihre kreative Unterstützung, unermüdliche Hilfe und dass sie mir immer mit Rat und Tat zur Seite stehen.